異世界で怠惰な田舎ライフ。6

ALPHA LIGHT

太陽クレハ
Taiyo kureha

アルファライト文庫

リム
ガートリン家のメイド。
「アズライトの瞳」を持ち、
魔力の流れを
視《み》ることができる。
ラーナ・ロンアームス
ロンアームス伯爵家の娘。
兄は転生者。
恋でも魔法技術でも
リムのライバル。
ユーリ・ガートリン
【超絶《ちょうぜつ》】のスキルを持って、
異世界に転生した本作の主人公。
全てにおいてやる気がない。
テレシア・ワレンチナ
前世のユーリの幼馴染《おさななじみ》。
高位の治癒《ちゆ》魔法使い。

登場人物紹介
characters
ローラ
ユーリの母親
代わりのメイドさん。
何よりもユーリが大切で
弟のようにも思っている。
ノア・サーバント
『クリムゾンの神剣』の二つ名を持つ。
王国最強『紅蓮騎士団』の団長。
ニール・ロンアームス
ロンアームス伯爵《はくしゃく》家《け》四男。
ユーリと同じ転生者。
アンリエッタ・ガートリン
ユーリの実妹。【超絶】のスキル持ち。

プロローグ

ここは、どこかの病院の一室――。

その病室には一つだけベッドが置かれていて、ベッドの上には左腕に包帯が巻かれた男性が点滴《てんてき》を打たれながら寝ていた。

男性はユーリ・ガートリンの前世であるオカザキツバキであった。

ツバキはげっそりと痩《や》せこけていた。

唇は割れてカサカサ。

爪は噛《か》んだ後のようにボロボロだ。

顔色は真っ白で、今にも消えてしまいそうな危《あや》うさがある。

そして何よりも際立《きわだ》っているのが、ツバキの手足をベッドに拘束《こうそく》しているゴツゴツした器具だった。

その時――。

ツバキが眠《ねむ》る病室の扉をノックする音が響《ひび》いた。

もちろん眠るツバキからの返事はない。聞こえるのは微《かす》かな寝息と、少し開けられた窓からの風が、カーテンを揺《ゆ》らす音だけだった。

「失礼します」と、小さな声と共に扉がゆっくりと開いた。

病室に入ってきたのは、長い黒髪を揺らした少し古風《こふう》な印象のある……とても美しい少女だった。

ただツバキの姿を見た彼女は、今にも泣き出しそうなのをぐっと堪《こら》えているような、そんな苦悶《くもん》の表情を浮かべた。

そしてすぐに駆《か》け寄って、包帯の巻かれていない右手を握《にぎ》った。

「よかった……。本当によかった。生きていてくれてありがとう」

彼女は瞳に涙を溜《た》めながら独《ひと》りごちる。

「けど……また自殺なんてしようとしたんだね」

よく見ると、彼女に握られているツバキの手首にはすでに無数の傷の痕《あと》があった。

「貴方《あなた》のお母さんが死んでからもう、何回目になるかな。私じゃ……支えられないのかな……」

しばらくの沈黙《ちんもく》の後、彼女は再び口を開いた。

「……迷《まよ》ってたけど……決めたよ。私は最低で馬鹿なことを」

そう声に出したと同時に、彼女の瞳から決壊《けっかい》するように涙がぼろぼろと零《こぼ》れ落ちていった。

すると、ベッドで寝ていたツバキが身動《みじろ》ぎ、薄《うっす》らと目を開けた。

「う……サ……クラ？」

ツバキは蚊《か》の鳴くような声で、ベッドの傍《そば》に立っていた彼女……サクラに呼びかけた。

「分かる？　ツバキ」

サクラの問いかけに、ツバキは大きく息を吐いた。

そして手を動かそうとするが、拘束具《こうそくぐ》に阻《はば》まれてしまう。

「はぁ……そうか……また……死ねなかったの……か」

「うん」

サクラはゆっくり頷《うなず》いた。

するとツバキは、サクラに握られていた手を握り返して言った。

「サクラ……頼《たの》む。この……拘束具、外《はず》してくれ」

「……ダメ。出来ないよ」

「……頼むから……死なせてくれ」

「その頼みは聞けない。ツバキ……ごめんね。これから貴方に最低なことをします」

「サクラ……何を言って？」

サクラはツバキに顔を近づけ、目をまっすぐに見た。

そして、ゆっくりとした口調《くちょう》で告《つ》げる。

「私の目を見て……ゆっくり呼吸して……ゆっくり……ゆっくり……ゆっくり……瞼《まぶた》が少しずつ重くなっていく。重くなっていく。そして、意識が、深く深く、潜《もぐ》っていく。私の声だけが――」

サクラはしばらくの間、まるで催眠《さいみん》術師のように、ツバキにゆっくりと催眠誘導《ゆうどう》をかけていった。そしてツバキの瞼が次第に重たそうになっていくのを確認すると、タイミングを見計《みはか》らってパチンと指を鳴らした。

その音を合図に、ツバキの体が完全に脱力した状態になる。

「あ……うぐ……ん」

「……ふふ、このためにすごい勉強して練習してきたとはいえ、うまくかかるか不安だったから、出来てよかった」

サクラはツバキの頬《ほお》に手を当てて少し笑った。

「ツバキ……。いいですか、貴方のお母さんが死んだ理由のすべてを私にぶつけて……。私を憎《にく》むことで、どうか自分を責《せ》める気持ちを忘れてください」

サクラの声が聞こえたのか、目を瞑っていたツバキの眉間《みけん》の皺《しわ》が深くなる。

サクラは更《さら》に、ツバキに幾《いく》つかの暗示となる言葉をかけていった。

それから二十分が経過した頃、「……完了かな」と安堵《あんど》の表情でサクラが独りごちる。

サクラの視線の先には、和《やわ》らいだ表情で眠っているツバキの姿があった。

「まぁ……何度か刷《す》り込みが要《い》るんだろうけど」

サクラは目を細めてツバキの頬に触《ふ》れながら、ゆっくり独白《どくはく》する。

「催眠治療《ちりょう》は、病院の先生が今までも試《ため》していたようだけど効かなかった。けど、私みたいに……ある程度信頼のおける人からかけられるほうが、効きやすいって本には書いてあったから。ただ、かけ方が無理矢理すぎるね。人格が歪《ゆが》んでしまうかもしれない。もちろん、素人《しろうと》がすべきではないことも分かってる。ただ、私をどんなに憎んでもいいから。生きて欲しい……って言っても不安だな。ツバキは優《やさ》しいから、ちゃんと私を憎んでくれるかな？　……私も馬鹿だなぁ。他に方法が思いつかなかったから仕方ないんだけど、大好きな人に私を憎めなんて……今世では結《むす》ばれないだろなぁ。けど……来世でまた必ずツバキを見つけだして、恋をするから……。ツバキ、大好きだよ」

サクラはツバキの唇にゆっくりと自身の唇を近づけ、そして目を瞑り……そっと口づけた。

◆

ガートリン男爵《だんしゃく》家王都別宅、ユーリ・ガートリンの寝室。

時刻は、誰もが寝静まっているであろう真夜中。

「うぐ……」

夢にうなされているユーリは苦悶の表情でもだえ苦しむような声を漏《も》らし、額《ひたい》からは大量の汗が噴《ふ》き出していた。

しばらくして、突然ガバッと起き上がる。そして肩を揺らしながら息を吐いた。

「はぁはぁ……夢？　いや……違う。俺の記憶で間違いない」

ユーリは手で顔を覆《おお》おうとして、ピタリと止まった。

その手が小刻《こきざ》みに震《ふる》えているのだ。

「そういうことだったのか……すべて思い出した。どうりで記憶に曖昧《あいまい》なところがあると思ったんだよ。雑《ざつ》だよ。本当に」

ユーリは憂鬱《ゆううつ》な表情で溜息《ためいき》を吐いて、ベッドにばさりと横たわった。そして、天井を見る。

「忘れていたんではなくて……忘れさせられていたという訳か。はぁ……俺を死なせないために……。そうか、俺は弱いな。弱い……ほんと、チキン野郎だ。アンの奴に偉《えら》そうなことは言えないいな」

過去を完全な形で思い出し、ユーリは母親を殺した罪悪感に襲《おそ》われていた。

今にも精神が錯乱《さくらん》しそうなところを眉間に深い皺を寄せながら目を瞑り、グッと奥歯を強く噛みしめて耐《た》える。

「……それにしても、俺を死なせないために自分を恨《うら》めなんて桜《さくら》らしい斜《なな》め上の発想だな。だけどさ、今思い出しちまった俺はどうしたらいいんだよ。俺は……ずっと言えなかったけど、桜……お前のことが好きだったんだ。その感情すらも捻《ね》じ曲《ま》げやがって」

ベッドの脇《わき》にあるサイドテーブルの上には、ユーリと同じ転生者ニール・ロンアームスから手渡された、冬咲《ふゆざき》桜がユーリに宛《あ》てた手紙が置かれていた。その手紙によると、今世の桜――テレシア・ワレンチナは、どっかの王子様と、一カ月もしないうちに望まない結婚をすることになるらしい。

第一話　俺がやるべきこと

ユーリ・ガートリンが、クリムゾン王国のガートリン男爵家の三男として生を受けて十三年、そして王都にある騎士学校に入学して、十一カ月が経《た》とうとしていた。

ユーリには岡崎椿《おかざきつばき》としての前世の記憶がある。

彼は前世での死後、異世界崩壊《ほうかい》を食《く》い止めるため、神様にチートスキルを渡されて無理矢理転生させられたのだ。

面倒事《めんどうごと》はご免だからと怠惰《たいだ》に生きようと思っていたユーリだったが、そんな思惑《おもわく》とは裏《うら》腹《はら》に災難《さいなん》ばかりが襲ってくる。

つい先日も、ユーリは今世の実妹であるアンリエッタ・ガートリンにいきなり喧嘩《けんか》をふっかけられ、半年に亘《わた》って本気の殺し合いを繰《く》り広げた末、何とか帰ってきたばかりである。

ちなみにその半年間、ユーリとアンリエッタは魔導具によって謎《なぞ》の異空間に閉じ込められていたのだが、帰ってきたら、なぜかクリムゾン王国の最強の騎士ノア・サーバントと修業《しゅぎょう》の旅に出ていた、と周知《しゅうち》されていた。

おそらく、ユーリの不在が問題にされないよう、ユーリの師匠《ししょう》であるコラソン・シュルツが、何かしらの魔法を使ってそう思い込ませているのだろう。

ユーリはここ最近のそんなバタバタを思い出しながら、ゆっくりと溜息を吐いた。

（桜と師匠の問題だ……どうしたらいい。俺は……）

前世で幼馴染《おさななじみ》だった桜は、この世界ではテレシア・ワレンチナとして転生していた。

ユーリは手紙を読み、あの夢を見て以降、未だ桜のことを整理できずにいる……。

そして、思い悩《なや》んでもいた。

桜にかけられていた催眠術が解《と》けたことによって、椿に関する封《ふう》じ込まれていた過去のある記憶が鮮明《せんめい》に蘇《よみがえ》った。

それは、包丁を持って切りかかってくる母親と椿がもみ合いになり、正当防衛《ぼうえい》とはいえ母親を刺し殺してしまった……その時負《お》った心の傷と深い悲しみの記憶。

当時、椿は精神的に不安定で何度も自殺を図《はか》って病院の世話になっていた。

桜はそんな椿を何とか食い止めるために、催眠術をかけたのである。

もちろん、桜に悪意があった訳ではないことはユーリも分かっている。だから、催眠術が解けてすべて思い出した今でも憎む気はない。

ただ、今、母親を殺した罪悪感とは別に、心を締め付ける特別な感情があった。

それが目下《もっか》のユーリの悩みだった。

（今更《いまさら》、過去を悔《く》いて自殺するつもりはない……。しかし、俺は桜のことが……桜のことが好きだった）

ユーリは奥歯を噛みしめ、手を胸ポケットに持っていく。

そこには桜からの手紙が仕舞われていた。

（正直《しょうじき》、桜も俺のことを好きでいてくれていたのを知って嬉《うれ》しかった。俺にとって桜は、命の恩人であり、最愛の人だ。そんな桜に、俺ではない男との結婚式が迫《せま》っている。本当ならどんなことをしてでも桜を奪《うば》いたい。しかし、そう簡単にはいかない。桜の結婚相手は、どっかの国の王子様なのだ。もしその王子様から桜を奪うのだとしたら、国を敵に回すことにならないだろうか？　そんなことになれば、桜ばかりか、俺や桜が大切に思っている人々まで危険に曝《さら》されるのではないか？）

ユーリは自問自答《じもんじとう》を繰り返すが、いつまでも答えが出ず、何の行動にも移せないでいた。

まとまらない考えに首を横に振って、溜息を吐く。

「はぁ」

（最近、いろんなことが重《かさ》なり過ぎている。師匠のことだって、なんとか……俺が）

師匠……コラソン・シュルツはユーリに魔法を教えた人物である。

コラソンは長命なエルフ族であり、その優《すぐ》れた魔法技術により、二つ、三つの都市なら軽く吹き飛ばすことが出来るほどの使い手だ。

ユーリがコラソンと出会ってから、かれこれ七年が経とうとしていた。

コラソンには、魔法だけでなく多くのことを教わっていた。

森の歩き方に、力の使い方や隠《かく》し方……挙《あ》げたらきりがないくらいであった。

（俺はあの人のことを本当の兄のように慕《した》っている。なのに、なんなんだよ。「僕を殺してくれ」って……俺にまた大切な家族を殺せっていうのか……）

アンリエッタとの死闘《しとう》から帰還《きかん》したユーリに、コラソンは突然「僕を殺してくれ」などと告げた。

ユーリがそれを拒否《きょひ》すると、「運命は動き出した」と言い残して忽然《こつぜん》と姿を消してしまったのである。

（俺はどうしたらいいんだ？　誰か教えて欲しい。……いや、今俺がやらなくてはいけないことは分かっている。分かっているんだ。桜の件は、桜の幸せを考えて身を引く。それで桜のことは忘れればいい。師匠の件は、俺がもっともっと力を高めて師匠を救って、そしてこの世界を崩壊させないように行動するんだ）

「そうしなくては、いけないいんだ」

ユーリは自分に言い聞かせるようにポツリと小さく呟《つぶや》いた。

そしてゆっくり前を見る。

視線の先にある教壇《きょうだん》では、騎士学校の教員のクリストが教本を片手に持ち授業を進めていた。ここはユーリが通っている騎士学校の教室で、今は授業の真《ま》っ最中《さいちゅう》だった。

「……」

ユーリが視線を黒板に向けると、クリストの目と合って睨《にら》みつけられる。

「おい、殺気《さっき》が漏れているぞ。引っ込めろ」

「ああ……そうか」

クリストに指摘されて、ユーリは苦悩《くのう》と共に漏れ出ていた殺気を静める。

「いい加減《かげん》にしろよ。お前の殺気で、ほとんどの奴が寝ちまっただろうが」

ユーリが教室内を見渡すと、クラスメイトは全員机に突《つ》っ伏《ぷ》して気を失っていた。

「……」

「お前、どうしたんだ？　こっちに帰って来てからおかしいぞ？」

「そうか？」

気の抜けたようなユーリの返事に、クリストは顔を顰《しか》めた。

「おいおい。十日後には騎士交戦の開催地《かいさいち》に向かうんだろ？　本当に大丈夫か？」

「……あぁ大丈夫だろ」

（そう……俺は大丈夫なのだ。俺は大丈夫）

ユーリは自分に言い聞かせるようにクリストに答え、心の中でも繰り返す。

ただ、クリストはユーリの返答に納得しなかったらしく、教壇の机上に教本を置くと、ユーリの目の前までやって来て再び問いかけた。

「何があった？」

「……何もないよ」

何かを見透《みす》かしたようなクリストの質問に、ユーリは白《しら》を切り通す。

二人は、無言のまましばらく互《たが》いの視線と視線を合わせていたが――。

「……そうか。まぁ、お前は可愛《かわい》くない奴だからな。俺の心配は必要ないか」

クリストはゆっくり頷くと、ニヤリと笑《え》みを浮かべて言った。それから踵《きびす》を返し、パンパンと手を叩きながら「いつまで寝ている！　起きろ！」と、ユーリの殺気で気絶《きぜつ》した生徒達を起こしつつ教壇に戻って行った。

「ごつい殺気やったな……」

「本当だな。全身に剣を突き立てられた……そんな感じだった」

「……もうこれは」

クリストの声によって、次々と目を覚《さ》ました生徒達の声で教室が騒々《そうぞう》しくなる。

その騒音《そうおん》を煩《わずら》わしく思ったユーリは、すかさず周囲の音を遮断《しゃだん》できる【サイレント】という音魔法を使用した。

（今は誰とも関わりたくない）

ユーリは浮かない表情のまま窓の外に視線を向ける。すると、ユーリの頭の中に『天の声」が聞こえてきた。

『音魔法（大）がレベル1から2に上がりました』

熟練度《じゅくれんど》のレベルアップを知らせる声だ。

ユーリは実の妹であるアンリエッタとの殺し合いを経《へ》て、神様からもらったチートスキルの【超絶《ちょうぜつ》】が【全能】にランクアップしていた。だがそのスキルは、想像以上にやばい力らしい。ユーリは自身のステータスを確認してみる。

ユーリ・ガートリン　レベル64

ＨＰ　９０００／９０００　ＭＰ　９３５０／９３５０

攻撃力　１００００　防御力　９５５０

スキル　【全能レベル5】【言語対応レベル7】【隠匿《いんとく》レベル10】
【鑑定《かんてい》レベル10】【危険予知レベル10】【剣鬼《けんき》レベル10】
【調理レベル10】【剣術（大）レベル5】【耐毒性レベル10】

【夜目《よめ》レベル10】【調薬術レベル7】など

魔法

【火魔法（大）レベル10】【水魔法（大）レベル10】【風魔法（大）レベル10】

【土魔法（大）レベル10】【無魔法（大）レベル10】【音魔法（大）レベル2】

【時空間魔法（大）レベル10】【重力魔法（大）レベル5】

【氷魔法（大）レベル10】

【雷魔法（大）レベル6】【治癒《ちゆ》魔法（大）レベル10】

付与《ふよ》

【精霊王の加護《かご》】【足枷《あしかせ》の呪】


　ここ最近まで停滞《ていたい》ぎみだったスキルや魔法の熟練度がすごい速さで上がっていたのだ。

　以前のユーリなら己の力の向上を抑制《よくせい》する意識も働いただろうが、今は気にする様子はない。この世界を……コラソンを救うため、少しでも力を高める必要があるからだ。

「はぁ……う……」

　不意にユーリから溜息が零れた。そして、頭を抱《かか》えて俯《うつむ》く。

（……今、桜のことが頭をよぎった。考えないようにしてたのに……。もう俺にはどうにも出来ないだろ、なんたって桜の婚約者《こんやくしゃ》は王子様だ。俺なんかと一緒にいるより幸せだろう。だけど、彼女について考えないようにするには、いったいどうしたらいいのだろうか？　分からない。じゃあ……どうする？　分からない……けど、いつか答えが出るかもしれない。それに思い出すことが仕方ないのだとしても、時が経《た》てば思い出す頻度《ひんど》も下がるはず。そうか、時間が解決してくれることもある。今は桜を思い出しても目を背《そむ》け、師匠を助けて世界を救うことだけを考えればいい。それでいい）

ユーリは自問自答しつつ無理矢理答えを導《みちび》き出すと、ゆっくり深呼吸をして【サイレント】を解いた。再び教室内の喧騒《けんそう》がユーリを包み込む。今はただ桜のことを忘れるため、ユーリは再開された授業に耳を傾《かたむ》けるのだった。

それから数日、いろいろなことがあった。

王様に謁見《えっけん》したり、騎士学校では騎士交戦出場者の激励会《げきれいかい》が行われたり。

そんなふうにユーリが忙しく過ごしていると、あっという間に四カ国平和サミットの開催日程が近づいた。

そして、ユーリは騎士交戦の会場があるサミットの開催地へ旅立つことになった。

第二話　英雄と大悪党

ユーリが騎士交戦の会場へ向けて旅に出てから三日。

彼は現在、クリムゾン王国が用意した巨大ガレオン船に乗って海上を移動していた。

空は澄《す》み渡るような快晴《かいせい》であり、心地《ここち》よい風が海を渡っていく。

「……ふぅ、今日はいい天気だな」

ユーリは甲板の上に座り、船と並走《へいそう》する海鳥を眺《なが》めながら呟いた。

「あの……」

ユーリと同じく騎士交戦に参加するため乗船していたラーナが、ユーリの隣《となり》に腰を下《お》ろした。ラーナ・ロンアームスは、ユーリと同じ地球生まれの転生者ニール・ロンアームスの妹だ。

ラーナの視線に気づいたユーリは張り付けたような笑みを浮かべながら首を傾《かし》げた。

「ん？　なんだい？」

「ユーリ様……顔色が冴《さ》えないようですが」

「……ハハ、問題ないよ」

「ほんとに、大丈夫ですか？」

「ラーナこそ、どうしたんだい？」

ユーリはラーナと会話しているんだが、心ここに在《あ》らずといった様子で、その瞳には彼女の姿は映っておらず、どこか遠くの世界を見ているようだった。

そんなユーリを察して、ラーナはどこか悔《くや》しそうに顔を歪めた。だが、すぐに笑顔を取り繕《つくろ》い、明るい声で別の話題に切り替える。

「もう少ししたら、マトーゴラという街に二日ほど停泊《ていはく》するようですよ？」

「そうなんだ」

「マトーゴラは有名な観光地なので、一度行ってみたかったんです」

「……それはよかったな」

「あの……よろしければ、一緒に街を観光しませんか？」

「いや、俺は……」

ユーリがラーナの誘いに対して断《ことわ》りの言葉を口にしようとした時だった。背後から聞き慣れた人物の声が響いた。

「行って来るがいいの」

振り返ったユーリの視線の先には、歩み寄って来るノア・サーバントがいた。

意味深《いみしん》にニヤリと笑うノアに対し、ユーリは眉間に皺を寄せながら浮かない声を絞《しぼ》り出す。

「えー……」

「ほほ、これは命令じゃからの」

穏《おだ》やかな声色《こわいろ》とは裏腹に、ノアの言葉にはどこか有無《うむ》を言わさぬ圧力がある。

ユーリは諦《あきら》めたように溜息を吐いた。

「……はぁ、分かりましたよ。それで何が目的ですか？」

ユーリは渋々《しぶしぶ》了解すると、次にノアの背後に佇《たたず》んでいる怪《あや》しげな風体《ふうてい》の人物に視線を移した。相手は体格を覆い隠すほどのローブを身に纏《まと》っており、年齢や性別も判然《はんぜん》としない。分かるのは身長の低さからして子供、ということくらいか。

ちなみに、ユーリの同行者として船に乗っているのは目の前のノアとラーナに加え、ユーリ専属のメイドであるローラとリム、警護《けいご》担当であるディラン、アンリエッタ、ニールの七名のはずだった。そのうちのローラ、ディラン、アンリエッタはユーリのお付きの者としての役割を担《にな》っており、リム、ラーナ、ニールはユーリのチームメンバーとして騎士交戦で共に戦うことになっている。

「ほほ、察しが良いの」

「ノア様の顔を見た瞬間、何だか嫌な予感がしたんですよね……」

「ほほ、ここは人の目が多いのでな。場所を変えるかの」

ノアはそれだけ言うと、何の説明もなく背を向けた。

怪訝《けげん》な表情を浮かべたユーリとラーナは、スタスタと先を歩いて行ってしまうノアの後を追って歩き出した。

ノアがユーリとラーナを自室へ招《まね》き入れると、謎めいた小柄《こがら》な人物がローブを脱《ぬ》ぎ素顔《すがお》を見せた。

燃えるような赤い髪が特徴《とくちょう》の、青い瞳をした少年だった。年齢の割に落ち着いた印象を受ける。

(どこかで見たことがあるような、ないような……?)

ユーリは首を捻《ひね》りながら記憶を遡《さかのぼ》るが、はっきり思い出せずにいた。

だが一方、ラーナはその少年が誰か分かったのか驚《おどろ》きのあまり息を呑《の》んで硬直《こうちょく》している。

首を傾げるユーリの様子を見て、ノアはやれやれと呆《あき》れたような表情で首を振り口を開いた。

「はぁ……小僧《こぞう》が王へ謁見した時にもおられたんじゃがな」

「？　ということは」

ユーリはノアの言葉の意図を解し、改めて赤い髪の少年の顔を凝視《ぎょうし》する。

「僕はセラム……セラム・バン・クリムゾンです」

「……」

ユーリはセラムの自己紹介を聞いて、視線を再びノアに向けた。

すると、ノアが何かを企《たくら》むような笑みを見せる。その笑みでユーリはノアの頼み事とやらが、かなりの面倒事だと悟《さと》った。そこで、すぐさまユーリはノアの服の袖《そで》を掴《つか》み、部屋の端《はし》へと移動して問い詰めるのだった。

「ノア様」

「なんじゃ？」

「それはこっちのセリフです」

ユーリは苦しい表情を隠せなかった。それは本来失礼に当たる行為であったが、この場合は仕方がなかった。なぜなら、セラム・バン・クリムゾンとは、ユーリが暮らすクリムゾン王国の第一王子だったのである。そして、目的が何であれ、ノアがこれから言ってくるであろう無茶ぶりに気づいたからだ。

「ほほ、気づいたようじゃな。そうじゃ、マトーゴラの街に着いたら、お主《ぬし》らには王子のお忍《しの》びに付き合ってもらうからの」

「……拒否権《きょひけん》は？」

「ある訳なかろうに」

「王子には他に護衛《ごえい》がいるんでしょ？　そいつらに任《まか》せれば……」

「もちろん、護衛連中には儂《わし》が言い聞かせて休みを取らせておる」

「……はぁ」

「分かったかの。では、小僧も挨拶《あいさつ》するがいいの」

今度はノアがユーリを引っ張って、セラムの前に突き出した。ユーリは心の中で頭を抱えつつも、苦々しい顔をどうにか引っ込めてセラムにお辞儀《じぎ》する。

「えっと……セラム様。私はガートリン男爵家の三男ユーリ・ガートリンです。今回、僭越《せんえつ》ながらマトーゴラにて護衛を務《つと》めさせていただくことになりましたので、よろしくお願いします」

「あ、はい。セラム様。私はロンアームス伯爵《はくしゃく》家の三女ラーナ・ロンアームスです。よ、よろしくお願いします」

ユーリの無難《ぶなん》な挨拶に続いて、ラーナも緊張《きんちょう》した面持《おもも》ちで頭を下げた。

「今回は僕のわがままに付き合わせてしまい悪いことをしました」

二人の挨拶を聞くと、セラムが子供らしく邪気《じゃき》のない笑顔でニコリと笑った。

「……いえ」

「め、めっそうもございません……！」

ユーリとラーナは再び頭を下げた。

「ふふ、貴方がユーリ殿《どの》か。すみません、ノア殿から以前より貴方のことは聞いていたのですが、もっと筋肉ががっちりと付いた大男を想像していました」

セラムはユーリを眺めながら、興味深げにその体を観察する。

この時、ユーリはセラムがまだ子供とはいえ王族に目を付けられるのは面倒《めんどう》だと考えていた。なので、実力を悟られないようにスキルの【隠匿《いんとく》】を使っていつも以上に弱者を装《よそお》いつつ、首を横に振った。

「ノア様に何を吹き込まれたのか知りませんが、私は大して取り柄《え》のある人間ではないですよ」

「え、そうなんですか？」

「実はそうなんです」

いかにも本当らしい口調で、ユーリはセラムに嘘《うそ》を信じ込ませようとした。すると、いつの間にかセラムの後ろに立っていたノアが咳《せき》ばらいをして口を挟《はさ》む。

「おほん、大した男でない者が騎士交戦に出場できるとは思えんがな」

（くそ爺《じじい》が……余計なことを）

ユーリが心の中でノアを呪《のろ》っていると、セラムが再度問いかけてくる。

「あ、確かにそうですね。嘘なんですか？」

「いや、ノア様は私のことを過大《かだい》評価していますね。本当の私はちょっと剣術が出来て、ちょっと魔法が使えて、ちょっといいスキルを持っているだけなんですよ。今回はたまたま運がよかったんです」

「運ですか?」

「そうです。運です。運さえよければ、試合は勝てますし、テストだっていい点数が取れますでしょう?」

「な、そうなんですか?」

ユーリの言い訳を聞いて、セラムは目を見開いて驚く。

ユーリは嘘は言っていない。ユーリが強運なのは事実であるし、実際に運がよければなんだって出来る。

だから、嘘は言っていないのだ。

ただ、その様子を見ていたノアが再び口を開いた。

「セラム様、この小僧はの、こうやって自分を弱く見せるのが上手《うま》いのじゃよ。実際に今もスキルの【隠匿】を使って、一般人レベルまで気配を落としているんですじゃ」

ユーリは小細工《こざいく》を弄《ろう》してどうにかセラムに自分を弱く見せようとしていた。にもかかわらず、ノアが横から会話に割り込んでその努力を台無《だいな》しにするのだった。

「はぁーなるほど! 能ある鷹《たか》は爪を隠す、というやつですね!」

「うむ、小僧はこのように気配を消して敵を最小限の労力で倒すのじゃよ」

「それはすごい!」

セラムは尊敬《そんけい》の眼差《まなざ》しをユーリに向けた。しかし、当のユーリは何とも言えない表情を浮かべて言葉を詰《つ》まらせた。

「いや……えっと、だから」

それからしばらくの間、ユーリとセラムは同じようなやり取りを繰り返した。だが、ノアの横やりによってユーリの言い訳も空《むな》しく終わるのだった。

マトーゴラの街の港に到着する一時間前。

ここはラーナとリムに与えられた二人部屋。

「うへ……気持ち悪い。船の中で本を読んでいたら少し酔《よ》ったよ」

船酔いでやられているリムが蒼白《そうはく》な顔で言った。それに対して、リムの隣にいたラーナは溜息を吐いて返答する。

「もう……無理してついて来なくてもよかったんですよ」

ラーナとリムの二人は先ほどから口喧嘩に近い会話を交わしつつ、持参《じさん》した外出用の服に着替えているところだった。

ユーリとラーナとリムの三人は、急遽《きゅうきょ》、クリムゾン王国の第一王子であるセラムを連《つ》れて街を観光することになったからだ。ノアに頼まれた当初は、ユーリとラーナだけでセラムの護衛をするつもりだった。ところが、その話を聞いたリムが「私も一緒に行く！」と駄々《だだ》を捏《こ》ねたのだ。

　ちなみにニールとアンリエッタも誘ったのだが、稽古《けいこ》とは思えないほどの真剣勝負の真っ最中で、彼らにはまったく声が届かなかった。

「……ユーリの様子どうだった？」

　リムは、カバンから取り出したお気に入りの青いワンピースに袖を通しつつ、ラーナに尋《たず》ねる。

「……」

　ラーナはリムの問いかけに僅《わず》かに表情を曇《くも》らせた。その変化をリムは見逃さず、彼女も顔を暗くする。

「やっぱり今のユーリはなんか変だよね」

「はい……」

「どうしたらいいのかな？　ローラさんも言っていたけど」

「リムもテレシアさんからユーリ様の過去は聞きましたよね」

「うん。最初は嘘だと思ったよ」

　ラーナとリムは、ユーリが『ケイリの玉』の中でアンリエッタと殺し合いをしていた間に、ユーリのもとを訪ねようとしたテレシアと交流していたらしい。その時テレシアからユーリの過去の出来事を聞いたのだった。

「私は考えたことがあるんですよね。ユーリ様は何でそんなに誰にでも優しいのか」

「面倒臭《めんどうくさ》いと言いつつね」

「ふふ、そうですね。ユーリ様の過去については信じられませんでしたが……ユーリ様が誰に対しても優しい人である理由が分かった気がしたんですよね」

「ん？」

「誰にでも優しいのは、大切な人がいないからではないか。恥《は》ずかしながら、ユーリ様の過去を知るまではそう思っていました。けど、違いました。ユーリ様は大切な人がいないのではなく、昔、大切な人を失ったからこそ、誰にでも優しいのだ、と」

「……そうだね。うん、そうだね」

「ユーリ様は強い人です。でも、今のユーリ様から聞こえてくるのは、深い深い海の底で必死にもがき苦しんでいる……そんな音です。私の【マインドサウンド】の効果がないほどです」

「私達じゃ、ユーリの力になれないのかな？　支えにはなれないのかな？」

「難《むずか》しいですね。少なくとも今のユーリ様の視線の先に、私達がいないことは確かです」

「そうだよね。けど私達が暗くなっていたらダメだよね。ちょっとでもユーリを元気にしたいんだから」

「……ふふ、そうですね」

「そうと決まれば、遅《おく》れないように準備しなくちゃ。このワンピースどうかな？　可愛いかな？」

リムは身支度《みじたく》を整《ととの》えると、鏡の前でポーズを決めるようにラーナへ見せた。

ラーナはにっこりと頷きつつ、自分も着た服の裾《すそ》を摘《つま》みながら「私はどうですか？」とリムの反応を窺《うかが》うのだった。

マトーゴラの港にガレオン船が接岸すると、ユーリ、ラーナ、リム、セラムの四人は船を降りて近くの屋台街へ繰り出した。

街には円形の青い屋根が印象的な建物が並んでおり、その壁は白を基調《きちょう》とした色合いで塗装《とそう》されていた。マトーゴラを領地とするシャンゼリゼ王国の建築様式なのだろう。クリムゾン王国では見られない景色である。この街はシャンゼリゼ王国内の休養地とされているだけあり、様々な民族服を身に纏った人々が通りを賑《にぎ》やかに行き交っていた。

「ユーリ兄さん。ユーリ兄さん。あれは何？」

「あぁ、あれは魚の串焼きを売っている屋台だよ」

「あれが屋台というやつか……。物語の世界ではよく登場するけど、実際に見るのは初めてだよ。行ってみよう」

セラムは目新《めあたら》しい風景に興奮《こうふん》し、ユーリの手を勢いよく引っ張って先へ先へと歩いて行く。その後ろにはリムとラーナが続く。ちなみに現在の状況を補足《ほそく》すると、自分達の正体《しょうたい》を知られないようカモフラージュを兼《か》ねて、セラムは彼らの呼び方を変えていた。ユーリのことは『ユーリ兄さん』、リムとラーナの名前には『姉さん』を付け加える、といった具合である。なお、敬語は基本的に禁止とした。周囲の人間に身分関係を知られないためだ。

ただし、ラーナはどうしても友達口調になれなかったため、そのままにしていた。

「まるで、本当の兄弟みたいだね」

「そうですね。ユーリ様はなんだかんだ言って、子供好きですから」

「少しはこれで気が紛《まぎ》れるかな？」

「そうだといいのですが……」

リムとラーナがそんな会話をしていると、前方を歩いていたセラムが興奮した様子で二人を呼んだ。

「リム姉さん、ラーナ姉さん。焼きたての魚の串焼きがあるよ！　食べよーよ‼」

ユーリはセラムの元気さに苦笑しながら屋台の店主に注文した。代金を支払うと芳《こう》ばしい香りを漂《ただよ》わせた熱々《あつあつ》の魚の串焼きを渡される。

「ほら、落とすなよ」

魚の串焼きはユーリによってセラムとリム、ラーナに手渡された。ちなみに店主が見せてくれたのだが、串焼きにされる前は黄色の鱗《うろこ》を持つ二十センチくらいの魚だった。

「へぇ……見たことないや」

「ここの港で水揚《みずあ》げされたお魚なんだろうね」

「マトーゴラは温暖《おんだん》な地域ですから。カラフルなお魚が多く捕《と》れるようですよ」

興味深げに串焼きになる前の魚を眺めているセラムとリムに、ラーナが説明する。

魚の串焼きを食べようとしたユーリは、セラムが何やら困惑した様子で魚の串焼きを持ったまま黙っていることに気がついた。

「……」

「どうした？」

「……ユーリ兄さん。これって、どうやって食べたらいいのかな？　ナイフやフォーク、それにお皿もないよ」

「どうやってって……こんなもん、魚に齧《かじ》り付いたらいいじゃない」

「はぁ～なるほど、男らしいね……カッコいい！」

「ん？　カッコいいか？」

ユーリが尋ねると、セラムがふと何かを思い出したように言った。

「あー、そうだった。この街が舞台となった『三人の英雄』の冒険譚《たん》に、屋台で魚の串焼きを食べていた描写《びょうしゃ》があったよ。忘れてた！」

「あぁー確かにあったな。えっと、マトーゴラの街を襲いに来る『山食い』と呼ばれた魔物『サンドアンベシル・タートル』を討《う》ち取る話だったか？」

サンドアンベシル・タートルとは、硬《かた》い甲羅《こうら》を持った山のようにでかい亀の化け物だ。

「そうそう、その話は大好きで何度も読み返したんだ」

「あぁ。俺も読んだよ。懐《なつ》かしいな」

「巨大なサンドアンベシル・タートルを打ち倒すため、英雄が魔物の口の中に飛び込んだ後、腹を切り裂《さ》いて出てきたのには驚いたなぁ。ふふ」

「まぁ……やることが大胆《だいたん》だよね。本当に英雄さんという奴は……」

（……英雄さんか……そうか、俺はもう『三人の英雄』の彼らのようにならなくてはいけないんだ。そうだ、俺は……英雄さんのように……英雄さんのように自分を犠牲《ぎせい》にしなければ……じゃないと大切なものを守れなくなる）

ユーリは『三人の英雄』の冒険譚に思いを馳《は》せた。何度も心の中で反芻《はんすう》することで、彼らの姿と自分とを重ね合わせる。それが本来あるべき正しい道であると自らに暗示をかけるように。だが、ユーリの思考と相反《あいはん》して、その思いつめた表情はみるみる暗くなっていく。

「ユーリ様……」

ユーリの顔色の変化に気づき、ラーナは魚の串焼きを食べる手を止めた。

心配そうな声を出すラーナの顔を見て我に返ると、ユーリはラーナの頭を撫《な》でる。そうすることで、自身の深刻《しんこく》な表情を隠そうとしているようだった。

リムもユーリの思いつめた様子を察してはいたが、何も語らず黙《だま》り込んだまま魚の串焼きにかぶりついている。

セラムはというと、さすがにユーリの心理状態までは理解できないのであろう。ラーナの頭を撫でたユーリの不可解《ふかかい》な行動を目にして、子供ながらの無邪気《むじゃき》さで首を傾げている。

「どうしたの？　ユーリ兄さん？」

「いや、なんでもないよ。……今日はこの後、武具屋と冒険者ギルドに行くって聞いているけど、それでいいのか？」

ユーリは話を逸《そ》らすように、セラムに今日の予定を確認した。

「うん、一度行ってみたかったんだよ」

「そうか？　そんな楽しいもんじゃないと思うんだが」

「いいの。僕が行きたかったんだから」

「まぁ……そうだな」

それからユーリ達は魚の串焼きを食べ終えると、街の地図を頼《たよ》りに武具屋へ向かうのだった。

屋台街から歩くこと十分。

武具屋はマトーゴラの商業地区内にあった。平屋建《だ》ての店の中に入ると、多種多様《たしゅたよう》な形状《けいじょう》をした武器や道具が陳列《ちんれつ》されていた。特に目を引くのは、バラエティに富《と》んだ魔法関連の品物である。

「はぁ……すごいですね。ユーリ様」

「アレ？　ラーナも武具屋に来るのは初めてだっけ？」

「いえ……武具屋自体に足を運んだことは幾度《いくど》もありますが、これほど見事な魔法用の道具を取り揃《そろ》えている店は、クリムゾン王国の王都にすらないですよ」

「そうか、確かにそのようだな。リムの奴は仕事を忘れて一目散《いちもくさん》に魔導書のコーナーに行っちゃったしな」

「ふふ、そうですね。では、どうしましょう」

「そうだな、ラーナも魔法用の道具に興味があるだろ？」

「あぁ……えっと、それは……はい」

ラーナは、ユーリの問いかけに少し申し訳なさそうに答えた。

この街――マトーゴラは、魔法大国と言われるシャンゼリゼ王国の領内《りょうない》にある。

そのため、このように魔法用の道具には事欠《ことか》かない。

現在、シャンゼリゼ王国の魔法技術は他国の追随《ついずい》を許さないほど飛躍的《ひやくてき》に進歩していた。

それゆえに、一つの種類の魔導具を比べても、その性能にはおよそ十年分に及《およ》ぶ技術格差《かくさ》があると言われていた。そんな理由もあって、魔法使いのラーナやリムにとっては、さぞかし魅力《みりょく》的だったに違いない。

「……じゃあ、セラムの買い物の面倒は俺が見るから。ラーナ達はじっくり店内を見て回るといい。俺は……これと言って欲しい武器とかもなさそうだし」

「そ……そうですか、すみません。では、お言葉に甘えて」

ラーナは気が咎《とが》めるのか、もう一度遠慮《えんりょ》がちに頭を下げた。けれども、本心ではすごく気になっていたのだろう。ユーリの了承《りょうしょう》を得るや否《いな》や、魔導具が置かれている場所のほうへ小走りですっ飛んでいく。魔法使いとしての好奇心《こうきしん》を抑《おさ》えられず、といったところか。

（ふぅ……心配してくれるのは嬉しいんだが。どうせなら、そっとしておいてもらえたほうがありがたいんだけどな）

ユーリは心の中で小さく溜息を零す。それからラーナの背中を見送ると、待たせていたセラムに視線を移した。

「ユーリ兄さん、ユーリ兄さん！　こっちこっち！」

「おいおい……そんなに引っ張らなくても、俺は逃げないぞ」

ユーリは強引《ごういん》にセラムがお目当てとする場所に連れていかれた。そこは剣が多く並べられたコーナーだった。

セラムは目をキラキラ輝かせながら、棚《たな》に飾《かざ》られた剣をうっとりと眺める。

「ふぁー……すごいすごい！」

「剣か……しかし、セラムならこの店で売られている剣くらい、望めばすぐにでも手に入れられるんじゃないのか？」

「うん。だけど僕が剣を欲しがっても、みんな『危《あぶ》ないから』と言って、なかなか買ってくれないんだよ」

「お偉いさんと言っても、いろいろ大変なんだな。それにしても、剣か……もしかしたら、俺は役に立たないかもしれないな」

「え？　どうして？」

「つまり、これまで俺は剣を自分で選んで買った経験がないんだ」

「……へ？　それはどういう？」

「うむ。俺が今持っている剣は、騎士学校への入学時に強制的に買わされた数打《かずう》ちの剣だし。その前までは、誰かに借《か》りていただけなんだよな」

「戦場とかでは、どうしていたの？」

「いやだから、敵の武器を借りてだな……」

ユーリが少し言いにくそうに答えると、セラムは感心した面持ちでコクリと頷いた。

「……な、なるほど。弘法筆《こうぼうふで》を選ばず、というやつだね」

「ん？　なんだ？」

「いや、なんでもないよ。あ……これなんかどうだろう？」

「まあ、装飾《そうしょく》はすごいけど……？」

セラムは目立つところに置いてあった一本の剣を指さした。

その一振《ひとふ》りの剣をユーリが手に取る。そこでユーリはスキルの【鑑定《かんてい》】を使用した。

デルタシーソード
レベル　12
攻撃力　135
強度　29
特記　ー

鑑定結果を見たユーリは首を傾げながら、セラムに剣の性能を伝えていく。

「攻撃力は、まぁまぁなのかな？　ただ強度が弱すぎるように思えるけど……」

「えっ……そうなの？　見た目はすごくカッコいいのに」

「いや、一本だけじゃあ、強度の基準《きじゅん》が分からないな。他のも鑑定してみないと……ちょっと、次の剣を」

ユーリは店主に別の剣を持ってくるように告げた。それから彼はセラムの剣を選ぶため、次々と店内にある剣を鑑定していくのだった。

武器屋に入って十分が経った頃。

「ほぉ……いろんな剣があるんだな」

ユーリは不意に一本の古《ふる》びた剣に目を留《と》めると、おもむろに手に取って掲《かか》げた。剣は錆《さび》てはいなかったが薄汚《うすよご》れてほこりが積《つ》もっており、お世辞《せじ》にも状態がいいとは言えなかった。更に、剣に掛かっている値札を見れば安物だと分かる。

「ん？　その剣がどうかしたの？　随分古そうだけど」

古びた剣を手にして何やら感心したような表情を浮かべたユーリを不思議に思い、セラムが小首を傾げて問いかける。

「持ってみろよ」

ユーリは手に持っていた剣をセラムに渡した。

ところが、セラムはユーリから剣を受け取った瞬間、床に落としてしまった。

剣が床に落ちると、甲高《かんだか》い音が店内に大きく響き渡った。

「わ⁉　な⁉」

「な、すごいよな。この剣、どうやって作ったんだろうか？」

驚きの声を上げたセラムを横目に、ユーリは首を傾げながら剣の【鑑定】を試《こころ》みた。

ダスタークソード
レベル　79
攻撃力　6780
強度　19005
特記　耐腐食《たいふしょく》　耐熱　耐靭《たいじん》

鑑定結果として出てきた『ダスタークソード』という剣の性能は、店内にあるどの剣よりも高い攻撃力と強度を誇《ほこ》っていた。ただ、その剣には大きな欠点があった。それは……常人では持てないほど重い剣だったのだ。

ユーリも実際にその鑑定結果を目にして、思わず唸《うな》り声を上げる。

「ほぉ……ここまで飛びぬけた強度と攻撃力とは……この店で一番だな」

「ただ、こんな重い剣……どうやって使うの？」

「まぁ……」

セラムの疑問にユーリが答えようとした時だった。剣を落とした音を聞きつけたのだろう。やたらとガタイのいいスキンヘッドの男が、だみ声を上げてやって来た。

「おいおい！　剣は大切に扱《あつか》え！　品物なんだからな！　もしも、壊《こわ》したりしたら買い取ってもらうぞ！」

「それは悪かったな。じゃあ……この剣は、俺が買い取るとするかな」

ユーリは床に落ちた剣を軽々と拾い上げてスキンヘッドの男に見せた。

「おい、ガキ……その剣は……『重い剣』じゃ……？」

「なんだ、そんな名前なのか？」

「あぁ、そうだ。正式名『ダスタークソード』。俺ら武具屋の間では重い剣と言われている。強度は伝説級とはいえ……すごく重たいもんで、普通の人間には到底《とうてい》扱えるシロモノじゃないはずだが……」

「伝説級……すごい」

ユーリとスキンヘッドの男とのやり取りを横で見ていたセラムが、感嘆《かんたん》の声を漏らした。

ユーリも感心した様子で持っていた剣を掲げた。

「ふーん。伝説級か……それは確かにすごい」

「そもそも、なんでお前は、その剣をそんなに軽々と持てるんだ？」

「あぁ。確かに普通の剣よりは重いな。けど、扱えないレベルじゃないよ。それなりに俺は鍛《きた》えているからね」

「マジで言ってんのか？　鍛えてどうにかなるレベルの問題じゃないだろう。俺がその剣をそこに配置するのでさえ、十人の大人達の協力を得て、やっとだったのに……」

「じゃ……試してみようか」

ユーリは剣を握ったまま、スタスタと広いスペースに移動した。

「おい、何を……」

「……はっ！」

ユーリは剣を鞘《さや》から抜いてゆっくりと構えた。

そして、重さなど微塵《みじん》も感じさせないほどに造作《ぞうさ》もなく剣を振るい、幾つかの剣の型を示して見せた。

目の前で披露《ひろう》された鮮《あざ》やかな剣舞《けんぶ》のごとき動きに、スキンヘッドの男は驚愕《きょうがく》の表情を隠せない。いつの間にか後ずさっていた背中が武具の棚に触れて、彼はようやく我に返る。

「いったい……てめえは……」

驚愕しているスキンヘッドの男にユーリは剣を鞘に仕舞って視線を向ける。

「この剣には飛び抜けた鋭《するど》さはないが、何より強度が高いのがいい。アンリエッタと戦った時に武器が簡単に壊されて困ったんだよな。これなら多少の無理をしても剣が欠けることはないだろう……うん、武器を交換する手間《てま》が省《はぶ》けるな……ところで、アンタは店員だろ？　この剣を売って欲しいんだがいいか？」

「プ……ハハ！　これは、おったまげた！　すげぇな！」

「どうした？　大丈夫か？」

「ハハ、大丈夫だ。その剣ならお前にくれてやる。どうせ、まともに使える人間なんかいないんだ！　それに、ここで埃《ほこり》をかぶらせているよりもいいだろう？」

「いいのか？　なんか悪いな」

「いいってことよ。久しぶりに凄腕《すごうで》の剣士の太刀筋《たちすじ》ってやつを拝《おが》ませてもらったからな」

スキンヘッドの男とユーリが話していると、セラムはユーリの手にした剣を恐る恐るちょんちょんと触れながら口を開いた。

「あの……この剣はどうやって作られたの？　こんなに硬すぎたら加工できないでしょ？」

「その剣の加工法の詳細は失われちまっている。だが、まぁ……簡単な作り方は俺にもある程度分かるぜ。確か、ケイル砂という材料に幾つかの金属を少量混ぜ合わせて、それを高火力で焼き固めて作るんだ。ただ、剣自体の強度が高すぎるがゆえに研《と》いで刃を付ける加工が全く出来ない。だから、その剣の切《き》っ先《さき》は丸まっている。それでも攻撃力が高いのは、その剣の並外《なみはず》れた重量があるからなんだろうな」

「へぇー、そんな技術が……」

セラムは口元に手を当てて、スキンヘッドの男の話を興味深そうに聞いていた。どうやら伝説級と言われる強度の金属を、何かの役に立てられないか思案《しあん》しているようだ。

「まぁ……仮に作れたとしても、その剣を使える者は滅多《めった》にいるもんじゃない。つまり、売れない剣を作る意味もないから、とうの昔に廃《すた》れてしまった技術だな」

「それは残念……」

それから彼らは武具屋に一時間ほど滞在《たいざい》し、それぞれの買い物を済ませると店を後にした。


武具屋を出ると、リムとラーナはトイレへ行きたいと言い出した。

ユーリとセラムは二人の帰りを街の広場にあったベンチに座って待っていた。

「それで……ラーナ達が戻って来たら、次は冒険者ギルドに行きたいんだっけか……ん？」

ユーリは何らかの異変を感じ取ったのか、ベンチから立ち上がって周囲を見回した。そして、その場に座り込んで地面に耳を押し当てた。

そのユーリの奇妙《きみょう》な行動を見て、セラムは戸惑《とまど》いの表情を作る。

「ど、どうしたの？　ユーリ兄さん？」

「……今、微かに地面が揺れた気がしたんだが」

「そう？　僕には何も感じられなかったけど……」

「いや、すまん。俺の気のせいだったかもしれない」

ユーリは首を傾げつつ、衣服に付いた土を払いながら立ち上がった。それからポケットに仕舞い込んでいた街の地図を取り出してセラムに質問する。

「そういえば、何で冒険者ギルドなんて、むさ苦しい場所に行きたいんだ？」

「それはね……『三人の英雄』が実際に訪れたと言われるギルドだから」

「『三人の英雄』のこと好きだねー」

「なんせ、カッコいい英雄様だから……憧《あこが》れなんだよ」

「……そうかい」

ユーリとセラムがそんな会話をしていると、ラーナとリムがトイレを終えて帰って来た。

「すみません。お待たせしました」

「ごめんね。待たせたね」

「じゃ、次に行くのは冒険者ギルドだそうだ。早く行こうか」

ユーリは足早に冒険者ギルドへと向かう。セラム、ラーナ、リムがその後に続いた。


「でっかいな……」

マトーゴラの冒険者ギルドである巨大な建造物の前に立って、ユーリは思わず感嘆の溜息を零した。それは無理もなかった。この冒険者ギルドは、クリムゾン王国の本部ギルドの二倍はある。大きさを例えるなら、日本の東京ドームと同じくらいあった。

冒険者ギルドの大きさに圧倒されつつも、ユーリ達はギルドへ入っていく。

「はぁ、すごい屈強《くっきょう》な人達ばかり」

「圧倒されてしまいますね」

「強そうな魔法使いが何人もいるよ」

セラム、ラーナ、リムが口々に率直《そっちょく》な感想を漏らした。

広々としたギルドの内部は、いかにも歴戦《れきせん》の猛者《もさ》らしい冒険者達で賑わっている。

「冒険者ギルドとは思えないほど綺麗《きれい》にしているし。内装は質素な作りではあるが……歴史を感じる落ち着いた雰囲気《ふんいき》だな。ここは歴史的な建物なんだろ？」

ギルド内を見回してしたユーリは背後を振り返ると、セラムに確認するように尋ねた。

「うん、そうなんだよ。やっぱり雰囲気があるなぁ……」

「けど、一般人は入口からこの辺のフロアまでしか立ち入れないみたいだな。もっと、中のほうをよく見物させてもらいたかったが……」

――と、その時だった。

緊迫《きんぱく》した様子の数人の冒険者がギルド内に駆け込んで来たのだ。ユーリはラーナ、リムに目配《めくば》せをして、その冒険者達を目で追った。血相《けっそう》を変えて走っていく冒険者達は、ギルドの職員数名に何かを伝えるとギルドの奥へ消えていった。

「なんだか、ギルドの空気が変わったな」

ユーリはポツリと呟いた。

異変を感じ取ったユーリ達は、何が起こったか知るためその場に留《とど》まることにした。

三十分ほどした後、ギルド職員の女性が慌《あわ》てた様子で奥から現れて大声を上げた。

「緊急《きんきゅう》クエストです！　北西十五キロの地点にサンドアンベシル・タートルが出現！　速度自体は遅いようですがマトーゴラの街へ向かって、まっすぐ移動して来ているそうです!!」

女性職員の声を聞いた冒険者達は急にざわめきだした。

「サンドアンベシル・タートルだと⁉　それは『三人の英雄』の物語に出てくる化け物の名前じゃないか！」

「……まさか、記述通りの大きさではないだろうな」

「山を丸ごと食った魔物……」

「……いくらなんでも、お前、それはお伽話《とぎばなし》だろう？」

緊急クエストを聞き慌てた様子の冒険者達とは異なり、ユーリは急に興味を失ったように頭を掻《か》きながら言った。

「はぁ……なんだ、魔物か。ここは他国だし、俺達には関係ない。厄介事《やっかいごと》に巻き込まれるのも面倒だし。さっさと、この場から逃げて船に……」

「ふふ、私達『銀の薔薇《シルバーローズ》』のパーティーがこの街に滞在していたことを感謝《かんしゃ》するがいい！必ずや私達がサンドアンベシル・タートルを討ち取って『三人の英雄』の伝説を引き継《つ》ぐ。

そして、新《あら》たな英雄として歴史に名を刻《きざ》むことになるだろう。英雄……その称号《しょうごう》は私達にこそ相応《ふさわ》しい！」

ユーリの言葉を遮《さえぎ》るように、煌《きら》びやかな防具を身に纏った冒険者の男が高々と宣言した。まるで伝説の物語から飛び出してきたような大剣を背に携《たずさ》えている。

冒険者の男の言葉を耳にしてユーリの表情が固まった。

（俺は街が巨大な魔物に襲われそうなのに……救うより、先に逃げることを考えた）

ユーリは俯いてぶつぶつと自問自答している。

（……そんな俺が世界を救うだと？　ここで英雄の真似事《まねごと》も出来ない俺が？　ハハ……片《かた》腹《はら》痛いな。そんなのダブルスタンダードも良いところだろ。そもそも俺が世界を救おうとするのはなぜだ？　名誉《めいよ》や名声が欲しいから？　違う。英雄になりたかったから？　絶対に違う。……俺は大切な人と一緒にいたいからだ。それなら愛している桜に手を差し伸《の》べない理由はなんだ？　なんで師匠を殺してまで世界を救うのか？）

ラーナとリムはユーリの様子がおかしいことに気づいて「大丈夫？」と問いかけた。だが、その言葉は今の彼の耳には届いていないようだった。

そうこうするうち、ギルド職員の女性が持参した用紙を中央ロビーのクエストボードに貼《は》り付けた。

「B級以上の冒険者を招集《しょうしゅう》します！　今から十五分後、ギルド前に馬車を用意するので、そちらへお集まりください！」

しばらくの間、冒険者ギルドの中央ロビーは騒然《そうぜん》としていた。

サンドアンベシル・タートルの討伐《とうばつ》に参加する冒険者達が出立《しゅったつ》すると、ようやく中央ロビーは静かになった。現在、残っているのはユーリ達と数人の冒険者だけである。

そんな中、ユーリは小さく自嘲《じちょう》ぎみに笑った。

「クハハハハ……そうだ。そうだよ。俺は英雄になんかまったく興味がない。そう、まったく興味ないいんだよ」

ユーリの様子が心配になったのだろう、ラーナとリムが彼の顔を覗《のぞ》き込んだ。

「ユーリ様、大丈夫ですか？」

「ユーリ？　大丈夫？」

ラーナとリムの問いかけには答えず、ユーリは天井を見上げた。

「俺は英雄にはならない！　俺はただ大切なものを失わないためなら魔王だろうが、王国だろうが、世界だろうが、どんな脅威《きょうい》が来たとしても乗り越《こ》えてやる！　命を懸《か》けてやってやる！　なんにでもなってやる！　そうさ、それこそ大悪党にだってなってやる！　ご都合主義だって？　ふん、上等だ！　俺が不都合な運命をこの手で変えてやる！」

ユーリは不敵《ふてき》な笑みを浮かべながら、中央ロビー一帯に轟《とどろ》く大声を上げた。それと同時に、彼から殺気とは異なる凄《すさ》まじい威圧感《いあつかん》が迸《ほとばし》った。

ユーリから放たれた威圧はギルドにいたギルド職員をはじめ、居残《いのこ》った冒険者達の意識を次々と刈《か》り取っていく。

バタバタと周囲の人達が倒れていく中、ラーナとリムは苦しげに顔を歪めながらも意識を保っていた。

「ユ、ユーリ……だ……？」

「リム……」

途切《とぎ》れ途切れの声でリムがユーリに問いかけようとした時、彼女の言葉をラーナが首を横に振って制した。


数分後、ようやくユーリが発した凄まじい威圧感が収まった。

「ふう……」

ユーリはどこか吹っ切れた表情で息を吐くと、ラーナとリムに視線を移した。

「心配かけて悪かった。さて、帰ろうか」

「……はい。ユーリ様」

「はぁー。なんだ、よかった……いつものユーリだ」

ラーナとリムは胸を撫で下《お》ろし、ユーリの後について行く。

だが、ユーリはふと何かを思い出したように立ち止まった。

「……そういえば、セラムの姿が見えないけど、トイレにでも行ったのか？」

ユーリの問いに、ラーナとリムが周りを見回して首を傾げた。

「ん？」

「アレ？」

ユーリが振り向いて、三人は顔を見合わせて押し黙った。

「……」

「……」

「……」

「……ラーナ、セラムの行方《ゆくえ》を音魔法で追えないか？」

「う、うん。やってみる。【サウンドサーチ】」

ユーリの指示でラーナはすぐさま目を閉じて音魔法の【サウンドサーチ】を発動した。

「……み、見つけました」

およそ三十分後、ラーナは目を開いて探索《たんさく》結果を報告する。ただ、なんとなくラーナの表情が暗いようだった。

「ラーナにしては珍《めずら》しく時間が掛かったな。それで、セラムはどこら辺にいる？」

ユーリの問いかけに、ラーナはとある方向を指さした。

「街の外に出てしまったようです。距離《きょり》は十五キロくらいでしょうか。方角は……あっち、北西方向」

「へ？　街の外？　北西十五キロ？　なんで街の外から離《はな》れて？　しかも十五キロも離れたところに？　馬車でも使わないと……アレ？　北西十五キロって」

「その方角と距離には聞き覚えが……」

リムとユーリは何か思い当たることがあったのか、表情を暗くして口元に手を置いた。

「……」

「……」

「……」

彼らは再びお互いに視線を交わしつつ押し黙った。そして、その沈黙を破《やぶ》ったのはユーリだった。

「あぁ……緊急事態だな」

ユーリは一回言葉を切ると頭を掻きながら続けた。

「この街から北西十五キロの地点にサンドアンベシル・タートルが出現だったか。セラムはサンドアンベシル・タートルの討伐に参加する冒険者達の一団に紛れて行った可能性が高いということか……仕方ない、俺がかっ飛ばして捕《つか》まえてこよう」

ユーリに対して、ラーナがすごく言いにくそうに口を開く。

「それが……ちょっと気になることが……」

「……なんだ？」

「音が弱いのです」

「ん？　音が弱い？」

「はい。時間が掛かったのもそれが原因です。例えるなら何かに遮られているような」

ラーナの言葉を聞いたユーリは頭を抱えた。ラーナも思い当たる節《ふし》があったのだろう、同じように暗い顔で俯く。

「……」

「……」

「ん？　どういうこと？」

リムは二人の反応の意味が理解できないらしく首を捻っている。

ユーリは事実を認めるのも億劫《おっくう》だったが致《いた》し方なく説明した。

「今、この街を襲おうとしているサンドアンベシル・タートルは『三人の英雄』の冒険譚に登場する。物語の記述によれば、魔物は山をも食らうほど巨大だったそうだ。ラーナの音魔法を阻害《そがい》する存在があるとしたら、その怪物だろ。つまり、セラムは奴に食われた可能性があるということだ」

「……」

リムは驚きに目を見開いた。再び憂鬱な沈黙が辺りを支配する。

有効な解決策を見出《みいだ》せぬまま、時間ばかりが刻一刻《こくいっこく》と過ぎていく。

――どうにか安全にセラムを救い出す方法はないものか。

三人が必死に思考を巡《めぐ》らし頭を悩ませていると、ユーリが髪を掻きむしりながら口を開いた。

「あぁ……面倒臭い。面倒臭いが……」

「力ずくでも連れ帰る、しかないですね。ユーリ様がクリムゾン王国を敵に回して大悪党になるのだとしても、さすがに今ではないですよね？」

ユーリの言葉を遮り、ラーナがユーリの隣に進み出て確認する。

リムもラーナに同意して頷いた。

「そうだね。連れ帰るなら……私達に残された時間は、あと半時ばかりかな？　それを超《こ》えると、セラム様を危険にさらした私達とノア様は責任を問われて、縛《しば》り首です」

「うむ……だろうな。あ……そうだ！　どうせならいっそ、セラムが街の危機に精鋭《せいえい》な騎士を率《ひき》いて立ち上がったって感じの筋書《すじが》きにするか。そしたら、セラムに功績《こうせき》を作れるし、俺達の首もつながるかもしれん」

「それが落としどころでしょうね。全員に利があります。でも、それを実現させるには私達がサンドアンベシル・タートルを討伐するか、撃退《げきたい》してセラム様を助け出さないといけないのですが」

「ハハ、私達なら出来るでしょ？」

「……やるしかないだろ」

楽観的《らっかんてき》に笑うリムに対して、ユーリは憂鬱そうな表情ながらも頷いた。

その時、ギルドの奥にある部屋の扉が開き、体をくねくねさせた男が出てきた。

「うふ、やっぱり、さっきのあの気配は貴方だったのねぇ」

「うげ……なんで、あんたがここにいるんだよ」

ユーリは見覚えのある屈強な肉体の男に視線を向け、不快そうに顔を歪めた。

「誰ですか？」

「だ、誰？」

ラーナとリムは男と面識《めんしき》がなかったらしく戸惑った表情を浮かべた。

「あぁ。こいつはクリムゾン王国の王都にある冒険者ギルドのギルドマスター、ルンデルだ」

「な……なんで」

「そんな方がここにいらっしゃるのです？」

ユーリの説明を聞いたラーナとリムが困惑した表情でユーリとルンデルを交互に見る。

「あんたは何してるんだ？　こんなところで」

「うもー。ボクったら、相変《あいか》わらずつれないわね。私も四カ国平和サミットに参加するために貴方達と同じ船に乗っていたのよぉ？　それで停泊地であるマトーゴラの冒険者ギルドに少しだけ立ち寄っていた訳」

ユーリの質問にルンデルは体をいっそうくねくねさせて答えた。

「あっそ。じゃあ、お前の見解《けんかい》を聞かせろよ。今さっき出立した冒険者達で、サンドアンベシル・タートルの討伐は可能だと思うか？」

「それは無理じゃないかしら？」

「即答かよ……それで、その心は？」

「出立したのは、このマトーゴラの冒険者ギルドの全勢力に当たるS級冒険者のパーティーが一つ、A級冒険者のパーティーが一つ、B級冒険者のパーティーが三つ。A級の魔物なら訳もないんだけど。サンドアンベシル・タートルは、レジェンド級の魔物だからねぇ。きっと……」

「ダメだと分かっていて……なんで出立させたんだ？」

ユーリはルンデルを鋭い目つきで睨みつけた。

「いや、私は止めたのよぉ。ここのギルドマスターは指令書を出したら、さっさと金持って逃げ出しちゃったみたいなのぉ。そのギルドマスターとしては足止めくらいにでもなればと思ったんじゃないかしら」

「わざと見逃したんじゃないのか？」

「もう鋭いわねぇ……」

ルンデルはユーリの瞳を覗き込んで目を細める。

その時、ルンデルの背後から足音が聞こえてきた。

「ギルドマスターは私がわざと逃がしたんだ。ルンデルを責めないでやってくれ」

言葉を発したのは、青色の瞳をした黒髪の初老の男だった。

「誰？」

「私は、ラド。このギルドで昔、副ギルドマスターをしていた者だ。君がルンデルの話していたユーリ君だね？　彼から聞いていた通り、幼さが残る外見とは反対に圧倒的な力を感じるよ。君にならサンドアンベシル・タートルを本当に倒せてしまいそうだな」

「どうかなって……おい、ルンデル、俺の存在は内密にという約束だったろ？」

ユーリはルンデルを責めるような口調で言った。

「うふふ、ボクの威圧が私とラドのいた会議室に届いたから、軽く説明したまでよ」

ルンデルは悪《わる》びれずに妖艶《ようえん》な（？）笑みを浮かべた。疑問に感じるところはあるが、この男と会話をしていても埒《らち》が明かないと悟り、ユーリはラドに別の質問を投げかける。

「……それで、俺に何の用だ？」

「うん。実は私は君に依頼したいんだ。サンドアンベシル・タートルの討伐を」

「それは、いったい……どういう意図で？」

「全部話すと長くなるから掻い摘んで説明するとね。なんというか、マトーゴラの冒険者ギルドのギルドマスターは金遣《かねづか》いの荒《あら》い奴で、これまでギルドの金を横領《おうりょう》していたんだ。組織の運営が傾くほどに。それを訴《うった》えようとした時に、私は汚名《おめい》を着せられて閑職《かんしょく》に追いやられた。そこで今回の一件でギルドマスターを完全に失脚《しっきゃく》させて、このギルドを再建したい」

「……なるほど、汚名を返上するために」

「そう、私が汚名を着せられたのは事実。ギルド再建の陣頭《じんとう》には力不足。だから名誉を挽《ばん》回《かい》するために、ギルドマスターがギルドを見捨てた後で圧倒的強者の君達に私が直接依頼を出したい。褒賞金《ほうしょうきん》は規定の倍は支払おう。ただ、君達は名誉に興味がないと聞いた。もし、依頼を達成してくれたら、街へ流す情報も君達の望むように操作《そうさ》するよ」

「ハハ……そりゃあいい。訳あって今からサンドアンベシル・タートルの討伐に行こうと思っていたところだ」

「そうなのかい？　じゃあ、是非《ぜひ》とも頼むよ。装備や食料は倉庫にある物なら好きに持っていってくれ。私はこれから街を統治するゴトナー伯爵様の館《やかた》へ、サンドアンベシル・タートルの出現の報告をしに行かなくてはならないんだ」

ラドはそう言い残すと、足早にギルドを出て行った。

ユーリはルンデルのほうへ視線を向けた。

「それでルンデル。お前はノア様に『あの方とはぐれたから時間を稼《かせ》いでくれ』と伝えてくれ。必ず連れ帰るからと」

「うーん？　どういうことぉ？」

「それだけ言ってもらえたら伝わるから」

「ならいいわぁ」

ルンデルの了解を得ると、ユーリは傍で静かに話を聞いていたラーナとリムに声をかけた。

「じゃあ、ラーナにリム、魔物の討伐へ出発しようか。あまり時間がないかもしれん」

「はい。私はついていきますよ」

「もちろん、ユーリの隣は私の居場所だからね」

ユーリはラーナとリムの返事を聞いて準備を整えると、彼らと連れ立って冒険者ギルドを後にするのだった。

冒険者ギルドを出発して三十分が経った頃。

ユーリ、ラーナ、リムの三人は無魔法の【プランク】を使用しつつ、セラムの位置を把《は》握《あく》しているラーナが示す方角へ向かうと、サンドアンベシル・タートルのもとに辿《たど》り着いた。

「でっけー、本当に山が動いているよ」

こうして目《ま》の当たりにすると、この魔物が別名『山食い』と呼ばれているのがよく理解できた。まさにそれは、山を食らい、山のようにでかく、硬い甲羅を持っている亀の化け物だった。

ユーリ達の視点からは、サンドアンベシル・タートルの全容を捉《とら》えることは出来なかった。本当に山が動いているようにしか見えない。

ラーナもユーリ同様に、その大きさに圧倒されている。

「すごいですね。なんだか実感が湧《わ》きません」

不意にリムが、動く山の中腹《ちゅうふく》を指さした。

「山に見えるけど、やっぱり魔物のようだね。中心辺りに魔石があるよ」

リムは『アズライトの瞳』という魔力の流れを見ることが出来る瞳を持っている。つまり、大量の魔力が蓄積《ちくせき》されている魔石の場所が分かるのだ。

「しかし、あのサンドアンベシル・タートルと戦うことになるとは……話を聞く限りだと面倒なんだよな。念のため外からの攻撃が効くか試してみようか。ちょっと離れてくれる？」

「中に人がいるから手加減《てかげん》……してもしなくても変わらないかもしれませんね」

「多分、意味ないね。背中の甲羅に生《は》えてる草木が燃えるくらいじゃないかな？」

ラーナとリムは一歩だけユーリから離れて言った。

「まぁ……とりあえず。【ファイヤーレイン】」

ユーリは火魔法の【ファイヤーレイン】を唱《とな》えてパンッと両手を合わせると、頭上に六つの巨大な火の塊《かたまり》を出現させた。その六つの火の塊は、サンドアンベシル・タートルの真上にまで素早く飛翔《ひしょう》していく。次の瞬間、火の塊は細分化《さいぶんか》され、まるで雨のようにサンドアンベシル・タートルに降り注《そそ》いだ。一見派手《はで》に燃えているようだが、魔物本体にダメージはなさそうだ。

ユーリが渋《しぶ》い表情で口を開く。

「この規模《きぼ》の魔法が役に立たないとなると本当に厄介《やっかい》だな」

「すごい燃えてますね。けど、やっぱり効いているようには見えません」

「うん。でも……もう少し燃え広がったら、少しは効果が表れるかも……？」

ラーナとリムがユーリに近寄って、魔法の効果について意見してくる。

「まぁ……予想通りだったが。やっぱり『三人の英雄』と同じ方法じゃないと駄目《だめ》かな」

「彼らはどうやってこの魔物と戦ったの？」

『三人の英雄』の冒険譚に登場するサンドアンベシル・タートルについて、その詳《くわ》しい討伐の経緯《けいい》を知らないリムが首を傾げてユーリに問いかけた。

「あぁ……こいつとの戦いは……いや、そもそも魔物との戦いというカテゴリーに含まれるか疑問だが、その倒し方はまず頭部に攻撃を当てて口を開かせる。そして、体の中に侵《しん》入《にゅう》して魔物の核《かく》である魔石を破壊《はかい》するんだ」

「なんだ、すぐに済みそうじゃん」

「ハハ……それはどうかな」

「え？　何かあるの？」

「まぁ……俺も見た訳じゃないから。とりあえず、口から体内に入ろうか」

ユーリは頬を掻きながら、サンドアンベシル・タートルの頭部に向かって走り出す。

その後をラーナとリムがついていった。


「本当にでっかいな」

「そうですね。私達にも気づいていないようです」

「何食べたらこんなに大きくなるんだろうね」

ユーリ、ラーナ、リムの三人は、サンドアンベシル・タートルの顔が眺められる丘の上に立っていた。

「……さて、それぞれの最大の遠距離《えんきょり》攻撃魔法で魔物の口を開けてもらいますか。口が開いたら俺が時空間魔法で飛ぶから、二人は俺の手を握ってくれ。分かった？」

「はい。遠距離攻撃魔法ですね……じゃ聖具《せいぐ》を使います」

遠距離攻撃と聞いたラーナが自身の聖具であるオリオンの弓を出そうとした。すると、リムが顔を顰めて突っかかる。

「うわ……ズルい」

「ズルくありません」

「じゃ卑怯《ひきょう》？」

「卑怯でもありません！」

ラーナとリムが口喧嘩を始めそうだったので、ユーリが気を静めようと二人の肩に手を置いた。

「ハハ……喧嘩はそこまでにしてね。今日はすごく忙しいんだからさ」

「……分かりました」

「ふん、分かったよ」

ユーリが仲裁《ちゅうさい》に入ったものの、険悪《けんあく》なラーナとリムは互いにそっぽを向いてしまった。

「ハハ……じゃ、さっさとやろうか？」

ユーリは左手を掲げて魔力を集中する。

「この魔法は強烈《きょうれつ》だぞ……さて、どのくらいデカく出来るかな？　【マグマボム】」

ユーリの頭上に土魔法と火魔法によって生み出されたエネルギー体が現れた。それは土と火の龍が、互いに絡《から》まり合いとぐろを巻いて、徐々《じょじょ》に混ざり合って一つになっていくようだった。凄まじく強烈な熱量である。

やがて、その巨大な一匹の龍は三十メートルを超えるマグマの塊に転じた。ユーリは更にそれに重力魔法を加えて圧縮《あっしゅく》し、五メートル前後のマグマの塊へと作り変えた。そのマグマの塊はもはや小さな太陽のようだった。

「ユ、ユーリ様……その魔法はやりすぎでは？」

「すごい……」

マグマの塊に眩《まぶ》しそうにしているラーナとリムが、ユーリの圧倒的な魔法を前にして驚嘆《きょうたん》している。

「え？　やりすぎかな？　じゃ……ラーナとリムの魔法はいいから、ちょっとそこで見てて」

ユーリが生み出したマグマの塊は、フワフワとサンドアンベシル・タートルの頭部に向かって飛んで行った。

「くらえ……バン！」

ユーリの合図と共にマグマの塊が超新星《ちょうしんせい》のごとく大爆発を起こした。

さしものサンドアンベシル・タートルも、周囲一帯を吹き飛ばすほどの衝撃《しょうげき》を受けて叫び声を上げた。

「ギャアアアアアアアアアアアアアアア‼」

【マグマボム】の衝撃波は、少し離れた丘にいたユーリ達にも届いた。嵐《あらし》のような空気振動に耐えながら、ユーリがボソッと呟く。

「……ちょっと、やりすぎたな……」

「やりすぎですね」

「ヤバいね。ほんと、ヤバいね」

ユーリの呟きに、ラーナとリムが肯定《こうてい》するように頷く。

「ま、まぁ……結果的には口が開いたし、いいよね。ラーナ、リム、行くよ【ショートワープ】」

こうしてユーリ達は時空間魔法の【ショートワープ】を使って、サンドアンベシル・タートルの口から体内に侵入したのだった。


魔物の体内に入ると当たり前だが暗く、周囲の様子が視認《しにん》できなかった。

そこでリムは無魔法の【ライト】を唱えて辺りを明るく照《て》らし出した。

「何これ？　森？」

明るくなると面前に森が現れた。それを見たリムが戸惑った様子でユーリに尋ねる。

「そう。サンドアンベシル・タートルは山ごと食らうと言われる魔物……体内には、ゆっくりと消化を待つ山や森があるらしい。『三人の英雄』の冒険譚に記述されていた通りだ。まぁ……一番面倒なことは他にあるんだけどな。そんなことよりも、まずはセラムを捜《さが》しに行こうか。ラーナ、セラムの位置を教えてくれ」

「分かりました。……【サウンドサーチ】」

ラーナは目を瞑って、音魔法の【サウンドサーチ】を唱えた。周囲の雑音の中からセラムの心音《しんおん》を聞き取っていく。

「死んだりしていたら、困るな」

「大丈夫です。生きてます。こっちです」

ユーリの軽口《かるくち》に、ラーナが答えた。

「じゃ行こうか」

「そんな遠くではないようです」

ラーナの案内に従い、ユーリ達は魔物の体内の探索を開始したのだった。

サンドアンベシル・タートルの体内に侵入してから一時間が経った頃――。

森を抜けると草原が現れた。

「近いです……」

セラムの行方を音魔法で探索していたラーナが口を開き、前方を指さした。彼女が示す先には、目を疑《うたが》うようなものがあった。

「は？」

「なんで？」

ユーリとリムは素《す》っ頓狂《とんきょう》な声を上げた。

なんと目の前に人間が暮らす集落が存在していたのである。魔物の腹の中にしてはあまりにも不似合いなその場所には、アフリカの狩猟《しゅりょう》民族を彷彿《ほうふつ》させる動物の皮を剝《は》いで作ったようなテントが幾つも並んでいた。集落の至《いた》るところから煙《けむり》が上がっているので、人が住んでいるのは間違いないだろう。

ユーリ達は警戒《けいかい》しながら集落に近づいていく。

「ユーリ兄さん！　やっぱり来てくれたんだね！」

ユーリ達が集落に入ろうとした時、彼らの姿を目にしたセラムが半べそをかきながら駆け寄って来た。

「馬鹿野郎！　面倒かけやがって！」

「痛！」

ユーリはセラムの頭に容赦《ようしゃ》なく拳骨《げんこつ》を落とした。ユーリの拳骨が痛かったのか、セラムはその場にしゃがみ込み頭を押さえて泣き出してしまう。

「ほんと、いい加減にしろよ!!　お前は何を考えているんだ！　なんで、こんなところに来たんだ!?」

「ヒグ……ヒグ……馬車に便乗《びんじょう》して……魔物を討伐するところを見たかったんだ……そしたら、いきなりサンドアンベシル・タートルは僕らをまる呑みしてきて……」

ユーリは大きく溜息を吐くと、セラムの服に付いた埃を払ってやる。

「はぁ……馬鹿が……ケガはないか?」

「うううう……ごめんなさい」

セラムはユーリに抱き着いてワンワンと声を上げて泣き出した。その様子は肩肘《かたひじ》を張った王族の子弟《してい》の姿ではなかった。

「ふふ、王子様とはいえ、まだ、子供ですからね」

「無事でよかったよ」

ラーナとリムは微笑《ほほえ》みながら、ユーリとセラムの姿を眺めていた。

ユーリ達がセラムとの再会の喜びを分かち合っていると、集落の長《おさ》らしき男性が松明《たいまつ》を片手に現れた。

「迎えが来たようじゃな」

「すみません。私はユーリと申す者です」

「ほほ……若いのにしっかりしていらっしゃるようじゃ。儂はクーエン。ここの長をしておる」

クーエンは白髪に青色の瞳を持つ五十歳前後の男性だった。温和《おんわ》な男性に見えるが、立ち振る舞いと気配から相当な鍛錬《たんれん》を積《つ》んだ者であることがユーリには分かった。

「セラムを保護してくれていたようで。ありがとうございます」

ユーリはクーエンに頭を下げて礼を言った。

「いやいや、儂らは来る者を拒《こば》まないだけじゃよ」

クーエンはユーリを見ながら目を細めた。どうやら、クーエンはユーリに対して密《ひそ》かにスキルの【鑑定】を使ったようだ。

ユーリの左眉がピクリと小さく動いた。ステータスを読み取られるのを察し、ユーリは自分の手をクーエンの前に突き出す。

「俺を試してるんですか？　【鑑定】は強者に使っても感づかれるだけですよ。クーエンさん」

「ほほ、すまん、すまん。虎《とら》の尾を踏《ふ》むつもりはなかったんじゃ。こんなところで暮らすことを余儀《よぎ》なくされておると、最低限の防衛手段が必要でな」

「まぁ……そうでしょうね。さすがに驚きましたよ……しかし、これほどの過酷《かこく》な環境《かんきょう》でよく生き残れましたね」

「うむ、過酷じゃな。しかし皆を連れて、ここから出るのも困難《こんなん》での……。なんせ、ここに住んどる人間の多くは村ごとサンドアンベシル・タートルに呑み込まれた一般人じゃからな」

「なるほど……」

「……して、聞きたいのじゃが。お主達はこれからどうするのじゃ？」

「実は、このサンドアンベシル・タートルを討伐する依頼を受けていましてね」

「むぅ、お主も……」

クーエンはユーリの答えを聞いて、ゆっくり目を閉じる。

「どうしましたか？」

「お主が強いことは分かる。だが、止《よ》しておくのが身のためじゃ。無謀《むぼう》じゃよ」

「『三人の英雄』の冒険譚は読んで、サンドアンベシル・タートルのことも、ここがどんな場所かも理解していますから……まぁ、大丈夫ですよ」

「そうかのぉ。忠告《ちゅうこく》はしたからの」

「お気遣《きづか》いありがとうございます」

ユーリは頬を掻きながら礼を言った。

するとクーエンは一度頷いて、集落に戻っていった。

「さて、魔物を倒しに行くのはよいとして……セラムはどうするか？」

クーエンが立ち去った後、ユーリはラーナとリムに意見を求めた。

「……危険かもしれません。ここで引き続き匿《かくま》ってもらうというのはどうでしょう？」

「うん。私もそれがいいと思う」

ラーナの提案をリムが肯定する。

「んー、危険なのは確かだが……ここは魔物の腹の中だ。何時、どんな不測の事態に襲われるか分かったものじゃない。むしろ、一番安全なのは、俺の手が届く範囲内だろ？」

「……言われてみればユーリ様の仰《おっしゃ》る通りですね。この状況がどう変化するか分かりませんし」

「まぁ……そうだね。でも……」

俺の意見を聞いたラーナとリムは、そっとセラムの顔色を窺った。

「セラムは足手《あしで》まといだから、大人しくついてくるんだ。もうこれ以上問題は起こさないでくれよ」

「……うぐ……僕だって」

セラムが何か言いたそうに口元を動かしたが、ユーリはジッとセラムに視線を向けて彼の言葉を制した。

そして、ユーリは持参していたリュックを背負《せお》い直すと、ラーナ、リム、セラムの順に視線を移しながら言った。

「じゃ……行こうか。早くしないとサンドアンベシル・タートルにマトーゴラの街が潰《つぶ》されてしまう」


集落を離れて数分ほどが経った頃だった。

「【ウォーターブレット】」

ユーリは、前方に現れたオークの群《む》れを水魔法の【ウォーターブレット】を連発して吹き飛ばしていた。

「なんで、魔物の中に魔物が……」

『三人の英雄』の冒険譚を読んでいなかったリムが、大量に湧いてくる魔物達を見て呟いた。

「だから、ここは面倒臭いの」

「あ……そうか。つまり、魔物の領域《りょういき》すらも呑み込んでしまったということ？」

「そういうこと。まさか、この環境で人間が集落を形成しているとは意外だったが……おそらく、あの集落の長であるクーエンの力のおかげだろうな」

リムの疑問にユーリは攻撃の手を休めぬまま答えた。

「あの人、そんなにすごい人だったの？」

「あぁ。クリストに少し劣《おと》るくらいかな？　そうだ。ラーナとリムは魔法でセラムを守りつつ、適当にオークを駆逐《くちく》しといてよ」

「ユーリ様、どうされたのですか？」

「ん、いいけど……」

　突然のユーリの申し出に、ラーナとリムは戸惑いの声を上げた。

「……俺はコイツがどれだけ使えるか試すから」

　ユーリは一振りの剣を鞘から引き抜いた。その剣は、先ほどマトーゴラの武具屋で譲《ゆず》ってもらった重い剣と呼ばれていたダスタークソードであった。

　剣を構えると、すぐさまオークの群れの中へ飛び込んでいく。目標は中央にいる一際図《ひときわず》体《たい》のデカいジェネラルオークだろう。

　ユーリはオーク達が密集《みっしゅう》する僅かな隙間《すきま》を容易《ようい》に掻い潜《くぐ》って、ジェネラルオークに切りかかった。

「お前が頭だろ？」

「ブゴゴオオ！」

　ユーリの剣をジェネラルオークは手に持った巨大な槍《やり》で巧《たく》みに回避《かいひ》する。

「ほぉ……デカい図体にしては機敏《きびん》だな」

「ブゴゴゴゴゴゴゴゴゴオオ⁉」

「ただ――」

数度の打ち合いののち、ユーリの剣がジェネラルオークの槍をギリギリと押し返していく。

そして、ユーリの剣はジェネラルオークの槍をあっけなくへし折り、そのままジェネラルオークの肩から胴体を真《ま》っ二《ぷた》つに袈裟《けざ》斬りにした。

「この剣の威力《いりょく》を試したくて、接近戦を挑《いど》んでみたが……あまり、歯ごたえがないな」

ユーリはダスタークソードの刀身に目をやって独《ひと》りごちる。ただ、のんびり剣の考察をしている暇《ひま》はなかった。

人間ならば集団のトップがいとも容易《たやす》く屠《ほふ》られたら戦意を喪失《そうしつ》して混乱をきたすところだろう。けれども、魔物との集団戦においてそれはない。むしろ、彼らは逆に奮起《ふんき》してユーリに槍を突き立てようと殺到《さっとう》する。

「「「ブゴオオオオ‼」」」

「おっと、あぶないね……」

ユーリはオーク達の槍が自分の体に届く前に上方へジャンプした。

「ブゴ！」

「ブッゴ！」

「ブゴ！」

「ブウゴ！」

ユーリはオーク達の顔面《がんめん》を足場にして、ピョンピョン飛び跳《は》ねるようにラーナとリムのいる場所へ戻る。

「ただいま」

「お帰り、どうだった？　新しい剣の調子は？」

「うーん……敵が弱すぎて、ちょっと、よく分からん」

ユーリは剣を鞘に仕舞いながらリムに答える。

「ふふ、そうか。それは仕方ないね」

「さっさとオーク達を片付けて先に進もう。【ロックスピア改】」

ユーリは魔物の一団に狙《ねら》いを定めて魔法を唱えた。すると、周囲の岩が浮かび上がり、ユーリの頭上に集まっていく。その岩は形を変えていき、幾千《いくせん》もの岩の槍となった。次《つ》いでユーリの手が前に突き出されるのと同時に、魔物達に岩の槍が降り注ぐ。岩の槍はドッドッドッという轟音《ごうおん》を立てながら、オーク達の肉体を切り裂き串刺《くしざ》しにしていった。

「フゥ。こんなもんかな」

ユーリは自身の放った魔法を眺めながら息を吐いた。

「「……」」

ラーナとセラムは、目の前の惨憺《さんたん》たる有《あ》り様《さま》を眺めながらドン引きしていた。オーク達はユーリの魔法によって、あまりにも可哀想《かわいそう》な状態に成《な》り果てている。

「うわ……えぐい魔法だね」

リムが表情を歪めてポツリと呟いた。

ユーリはリム達の様子を気にすることなく足早にジェネラルオークに近寄った。次に胸の辺りを切り裂いて血塗《ちまみ》れの魔石を抜き取ると、懐《ふところ》から取り出した乾《かわ》いた布で汚《よご》れを拭《ふ》き取る。その魔石は光に照らされて綺麗な赤紫色に輝いている。

「他の魔石の回収は面倒だし、このデカいのだけでいいか」

リムはユーリの隣にやって来て話しかけた。

「ユーリさ。そんなに魔法を連発して大丈夫なの？　『足枷《あしかせ》の指輪《ゆびわ》』を付けてるんだよね？」

「ん？　あぁ、まだまだ大丈夫だよ。アンリエッタとの決闘に勝ったおかげで、レベルが上がって大分魔力量が増えたからな」

「そうなんだ。ヤバいね。私のスキルでも魔力量が測《はか》り切れないとか、本当に人間を卒業してるね」

ユーリは地面に置いていたリュックを拾い上げた。それからリムとラーナ、セラムのほうを振り返って言った。

「なんだよ。さっさと先へ行くぞ」

ユーリの言葉に促され、三人もあたふたと各々のリュックを背負い直して彼の後を追う。

ユーリの行動に焦《あせ》りのようなものを感じたラーナは、先を急ぐ彼の背中に疑問を投げかけた。

「待ってください。ユーリ様、何か急いでいませんか？　体調でも悪いのでしょうか？」

「まだ……何でもない。たぶん、気のせいだと思うけど……」

「本当ですか？」

「あぁ……そうだ。とにかく、急ぐぞ」

ユーリは平静《へいせい》を装ってラーナとの会話を切り上げると、足早に先へ進んでいくのだった。

サンドアンベシル・タートルの体内に侵入してから四時間が経った頃――。

外はすでに夕暮れ時だろうか。ユーリ達は歩を緩《ゆる》めず、サンドアンベシル・タートルの体内の探索を続けていた。

そんな中、セラムがユーリの袖を引いて話しかけた。

「ユーリ兄さん、そろそろ休憩にしない？」

「あぁ……そうだな。セラムにはキツかっただろう。すまん、配慮《はいりょ》が足《た》りなかった。ん……ちょっと待て」

ユーリはサッと片手をセラムの胸の前に出して彼を引き留《と》めた。

「どうしたの？」

「みんな止まってくれ。鼻の内側の粘膜《ねんまく》が少しピリピリする……む、これは毒か？」

「へ？　そう？」

「……これは無味無臭性《むみむしゅうせい》の毒か……念のため解毒薬《げどくやく》を服用して、マスクを着用したほうがいいな」

ユーリは自分のリュックを下ろすと、その中からマスクと解毒薬を取り出して皆に手渡していく。

「わ、分かったよ。けど、ユーリ兄さんはいいの？」

「あぁ……俺は【耐毒性】というスキルを持っているからな」

「た……【耐毒性】って、そんな簡単に取得できるモノでは……ほんと、ユーリ兄さんって、とんでもないよな」

セラムは心底呆れた顔でユーリから解毒薬とマスクを受け取った。

「ただ休憩は入れたほうがいいな。じゃ……念のために【シールド】を展開して、この中の空気を【エアクリーン】で綺麗にしておくか」

その後、ユーリ達は少しの休憩を挟むと、再びサンドアンベシル・タートル内の探索に向けて出発した。

ユーリ達が休憩場所から歩き出して数分後――。

彼らは予期せぬ凄惨《せいさん》な光景に遭遇《そうぐう》して息を呑んだ。

特にセラムは衝撃のあまり口元に手を当てて驚いた表情のまま固まっている。

「何……これ」

「みんな、近寄るなよ」

ユーリは三人を制して一人でスタスタと地に倒れた哀《あわ》れな物体に歩み寄っていく。

「……全員死んでいる」

ユーリはゆっくりと首を横に振ってポツリと呟いた。彼の目の前に横たわっていたソレは……なんと、十人以上の冒険者達の亡骸《なきがら》だったのだ。

彼らの中には、ギルドのロビーで「英雄になる！」と高々と宣言していた冒険者も含まれていた。伝説の物語から登場したような煌びやかな防具を身に纏い、重厚《じゅうこう》な大剣を背負った男である。

「蝋《ろう》の翼で過ぎた夢に手を出し……地に落ちたか」

ユーリは瞑目《めいもく》し、冒険者達の亡骸の前で手を合わせた。

そうしていると、セラムがふらついた足取りでユーリの背後にやって来た。

「……なんで？　強そうな冒険者だったのに」

「セラム、近寄るなよ。こいつらはおそらく毒にやられたんだろう」

「うう……うぅうえ……」

セラムは気分を悪くしたのか、その場に膝《ひざ》を突いて嘔吐《おうと》しそうになる。

すると、すぐさまラーナが気遣ってセラムの背中を優しく擦《さす》ってあげた。

「セラムさん、大丈夫ですか？」

「うう……ラーナ姉さん、大丈夫……」

ユーリはセラムの様子を一瞥《いちべつ》し、光彩《こうさい》を失った冒険者の男の開いた目を閉じた。

しかし、続いてユーリが取った行動を目にして、セラムは驚きに目を瞠《みは》った。

「……え？　ユーリ兄さん、何してるの？」

ユーリは冒険者の男の懐に手を伸ばして、なにやらごそごそと奥を漁《あさ》っているのだ。

「金目《かねめ》の物を探しているんだが……ん、どうした？」

男の懐からユーリが短剣を発見して取り出すと、セラムがその行為を激しく非難《ひなん》した。

「……っつ。何やっているんですか！　それでは追剥《おいは》ぎ……盗賊と同じじゃないですか！

やめてください！　見損《みそこ》ないました！」

セラムはユーリを罵《ののし》り、顔を真《ま》っ赤《か》にして離れて行ってしまった。

ユーリはリムに視線を向けると、その意図を察したリムがセラムの後を追う。

彼の近くに残ったラーナがユーリに問いかけた。

「ユーリ様、よろしいのですか？」

「何がだ？　まぁ……冒険者なんてこんなもんだろう？　英雄に憧れているセラムにはショッキングだったかもしれない。ただ、現実は知っておいたほうがいいと思ったんだ。これは夢見がちな子供が読む、ファンタジー小説じゃないんだから」

ユーリは、その場に倒れていた冒険者の持ち物の中から携帯《けいたい》可能な金品を物色《ぶっしょく》しながら答えた。

「……」

「ほんと馬鹿だよ。こいつら」

「……残された家族に、少しでも形見《かたみ》の品を渡せたらいいですね」

「そうだな……まぁ過ぎた夢に手を出したこいつらが悪いんだ」

その行為を終えると、ユーリ達は拗《す》ねてしまったセラムを連れ戻して再び歩を進めるのだった。


サンドアンベシル・タートルの体内に侵入してから七時間が経った頃――。

「ギャアアアアアアアアアアアアアア!!」

ユーリの魔法を浴《あ》びた魔物が断末魔《だんまつま》の悲鳴を上げて後ろに倒れた。ギガントゴングと呼ばれる巨大化したゴリラのような怪物である。

すぐさまユーリはリムを連れて獲物《えもの》のほうに近寄って魔石の回収を始める。

「ここか？」

「そう」

ユーリはリムが指し示すギガントゴングの胸の辺りを剣で抉《えぐ》っていく。すると、ラグビーボール大の純度《じゅんど》の高い魔石が顔を出した。その魔石を見てユーリが呟いた。

「なかなか高く売れそうだな。それにしても、ここにいる魔物はそれほど強くないのに、魔石自体は上等な物が多いのはなぜだろう……もしかしたら、サンドアンベシル・タートルから影響を受けているのかな？」

「その可能性は高いかも」

「だとするとサンドアンベシル・タートルの魔石は近いのか？」

「……ものすごく大きな魔石の魔力が色濃《いろこ》く見え始めてる……もうすぐゴールなのかな？　だけどユーリ、ぱっぱと魔物を倒しすぎだよ」

「魔石、ようやく取り出せたよーって、うん？　……なんか妙に理不尽《りふじん》なこと言ってない？」

「私の出番がないじゃん！」

「え……何だって？」

「私は魔法ももちろん使えるんだけど、山育ちだし。ディランさんに体術を習っているから、それなりに動けて強いんだからね！」

「ああ、まぁ……分かった、いいよ。魔物の数が多くて、ちょっと面倒になってきたところだ。本来は魔法使いがパーティーの先頭に立つのはあり得ないと思うけど、援護《えんご》してやるから俺の先を歩けよ」

熱意に燃えているリムは『プシーカの籠手《こて》』を左手に付けた。

その様子を見たユーリは何かを思い出して小さく笑った。

「ふっ……」

「む……何かおかしい？」

「そうだったな。確か、山でイノシシに追いかけられて川に落ちたんだったよな。はは、懐かしい……」

「う、今それを思い出さなくてもいいでしょ！」

ユーリとリムが楽しげに会話をしていると、頬を膨《ふく》らませたラーナが、無口になってしまったセラムと一緒に近寄って来た。

「むぅ……二人だけの空間ズルいです！　リム、今日は抜け駆け禁止だと盟約《めいやく》を結んだというのに。貴女《あなた》は！」

「ちょっとくらい、いいと思うんだけどね」

「いけません、すべてが終わるまでは！」

「そうかなー」

突然、リムとラーナの口論が始まった。

――と、その時だった。

「うぐ……」

二人の後ろで様子を窺っていたユーリが頭を押さえて低く呻《うめ》いた。

「え？　どうされたのですか？　ユーリ様？」

「だ、大丈夫!?」

ユーリは地に膝を突いて苦悶の表情を浮かべている。ラーナとリムは傍へ駆け寄ると、その顔を心配そうに覗き込みユーリの肩に手を置いた。

二人の顔に緊張が走る。

「すごい体が熱いです……」

「何これ!?　ラーナとセラムは離れて……ちょっと治癒魔法をかける！」

リムが治癒魔法の【ヒール】を唱えようとした時、ユーリがその手を制して言った。

「いや、これは気のせいだから……」

「なんでやせ我慢《がまん》するかな」

「……熱なんて。はぁ……はぁ……気のせいだ……から」

ユーリの様子を観察していたリムがそこで何かに気づいてハッと息を呑む。

「ん？　アレ？　この病状はどこかで……ユーリ、まさか……アレ？」

「いや、そんなことないね。熱とか体調不良とかじゃないからね……ごほ」

「思いっきり、咳が出てるし。ふふ……体調が悪いんでしょ？」

　リムは苦しそうなユーリを見て、どこか嬉しげに彼の背中を撫でた。

「いや、何度も言っているが、体調不良とかじゃないから。ごほ……この咳とかも、たぶん誰かが俺の噂《うわさ》をしているだけだから」

「それはくしゃみでしょ？　ふふ、仕方ないなー。魔物をちゃちゃっと片付けたら、私とローラさんで完璧《かんぺき》な看病をしてあげるから、大船に乗ったつもりでいてよね」

　リムが誇らしげに胸を張って言った。すると少し離れていたラーナが慌てて会話に割り込んでくる。

「あ、また抜け駆けですか？　も、もちろん私もユーリ様の看病をしたいです！」

「これはメイドの役目だから。ラーナの手を借りる必要はないわ。お花でも見ながら紅茶でも飲んでいたら？」

「そういう訳にはいきません。だって、ユーリ様は大切なお方なのですから！」

「……けど、お嬢様《じょうさま》の出る幕じゃないって言ってるの。どうせ、誰かを看病した経験なんてないんでしょ？」

「いえ、私だって、お兄様の看病をしていましたから」

今度はユーリの看病権を争《あらそ》って、ラーナとリムは口喧嘩を始めてしまった。

必然的に蚊帳《かや》の外へ追いやられた形となるユーリとセラム。とはいえ、二人の間に会話はなく、気まずい沈黙が流れていた。

ユーリは拗ねて無言のままでいるセラムを放《ほう》って、何とかラーナとリムの口喧嘩を止めようと声をかける。

「いやだから……」

しかし、ユーリの言葉はまったく二人の耳には届いていなかった。それどころか、ラーナとリムの口論はユーリの意図しない方向に白熱《はくねつ》していく。

「……じゃ、じゃ、じゃ、じゃあー‼　これから、どれだけ多くの魔物を倒せるかで勝負しましょう！」

「分かった。その勝負、乗ってあげる」

「勝ったほうが看病する権利を得るということで」

「そうだね。それがいい」

ユーリはラーナとリムの会話を聞きながら不穏《ふおん》な空気が漂うのを感じた。

(俺まだ何も言ってないのに……アレ？　この会話のパターンはどこかで……)

「あの……」

「ユーリ様、大丈夫ですから。私が必ず多くの魔物を討伐してみせますから！」

「いや、私に任せてよ。大船に乗ったつもりでいてね！」

ユーリに拒否権はないらしい。ラーナとリムは満面の笑みを浮かべると、ユーリの承諾《しょうだく》も得ぬまま魔物狩りを始めてしまう。

そうして体中にやる気を漲《みなぎ》らせたラーナとリムは、瞬《また》く間に出没する魔物達を退治していくのだった。


サンドアンベシル・タートルの体内に侵入してから十時間が経った頃――。

サンドアンベシル・タートル内の深部《しんぶ》に到達した四人の前に、紫色に光り輝く魔石の結晶《けっしょう》が姿を現した。

――ところが。

その目の前には、二十メートルを超える魔物――スケルトンデーモンが鎮座《ちんざ》していたのである。全身が硬い骨で構成されたスケルトンデーモンの体の胸部《きょうぶ》には、魔物自身の魔石が埋《う》め込まれていた。どうやら、この魔物はサンドアンベシル・タートルの魔石の守護者《しゅごしゃ》とも言うべき存在らしい。

「不気味です」

「うわ……何アレ。気持ち悪い」

ラーナとリムは口々に率直な感想を漏らしつつ、一斉《いっせい》に魔法を放った。

二人の魔法使いから容赦のない攻撃を受けて、スケルトンデーモンは為《な》す術《すべ》もなく骨を削《けず》り取られていく。

――三十分後。

ラーナとリムはそれぞれが扱える最強魔法をスケルトンデーモンに食らわせて倒した。

なんとも呆気《あっけ》ない幕切れである。

ただ、スケルトンデーモンまでに倒した魔物の数が同じだったため「魔物を倒したのは自分だ！」と、ラーナとリムは再び言い争いを始めてしまったのだが。

こうしてサンドアンベシル・タートルの魔石を守っていたスケルトンデーモンを倒し、ユーリ達はサンドアンベシル・タートルの魔石を破壊した。それから、ユーリ達は時空間魔法で外へと飛び出した。

外に出るとサンドアンベシル・タートルはマトーゴラの街の外壁《がいへき》まで迫っていた。ただ、街の人達に被害は出ていなかった。そして、魔物の体内に集落を作っていた人達も脱出して助かっていた。もちろん、ユーリ達は彼らから非常に感謝された。

すべてのことが上手くいった。……ただ、一つ問題があったとすれば、サンドアンベシル・タートルの討伐の功績をセラムに押し付けたこと――。

この件では、予想通りセラムとの間でひと悶着《もんちゃく》あったものの、ユーリ達はその説得をノアにぶん投げて……いや、任せたことにより、サンドアンベシル・タートル討伐の特別クエストは終結《しゅうけつ》したのだった。

◆

ここはガレオン船ベークド・ラセン号の船室の一つ——。

クリムゾン王国の国王様が執務室《しつむしつ》として使っている部屋の中だ。

今、僕——クリムゾン王国の第一王子、セラム・バン・クリムゾンは僕の父親である国王様の前に立っていた。四カ国平和サミットの会場に向かう海路《かいろ》で経由した、マトーゴラの街における事件についての報告をするためだ。

「……国王様、ただいま帰りました。今回の一件では私が無謀な行動に走り、ご心配をお掛けして、誠に申し訳ございませんでした」

僕は国王様に目を向けると、一度ゆっくり頭を下げた。

六歳の僕と五十四歳の国王様。傍《はた》から見れば、孫《まご》とお爺様《じいさま》くらいに年齢の開きがある。

「どうしたのじゃ？　儂は鼻が高いぞ。ノアの奴め。まさか、お前に精鋭を率いさせて、あの化け物亀の討伐に向かわせるとは……お前の実力を知らんばかりに、ノアを叱りつけてしまい悪かったの。だが、儂は心配していたのじゃよ。過保護《かほご》に育て過ぎて、あのような巨大な魔物に立ち向かうことが出来るなどと、到底、思えなんだ。しかしまさか、お前がこれほどまでに勇猛《ゆうもう》に育っていようとは……。儂はそのことが何よりも嬉しいのじゃよ」

長年、誕生《たんじょう》しなかった待望の男児というだけあって、国王様は僕を甘やかし過保護に育てた。

「僕はそんな大したことは……一緒にいた精鋭の方達が」

「何を言う。お前が立派に指揮したと聞いている。自信を持て！　お前は、偉業《いぎょう》を成《な》し遂《と》げたのじゃ！」

「は、はい……」

「うむ、お前の名前にも箔《はく》が付いた。これで儂も安心して、お前に王座を任せられる日が近づいたの」

「……っすみません、国王様。申し訳ないのですが、やはりまだ疲労が激しく」

「おお、そうか。ゆっくり休むがいい」

「はい。ありがとうございます」

――僕は実際に疲れていた。

サンドアンベシル・タートルを討伐するために歩き通しだったせいもある。だが、最も僕を精神的に追い詰めたのは、皆を欺《あざむ》く道化《どうけ》となることだった。今回の一件は、確かに僕が功績を挙げたことにしなくてはノア殿の立場が危うくなる。もちろん、それは理解できた。とはいえ、仮初《かりそめ》の英雄を演じるのは想像以上に辛《つら》く空《むな》しかった。

そして、僕が抱《いだ》いていた憧れを打ち壊した……。

理想の英雄像として憧れを抱いていたユーリ兄さんが、よもやあんな、野盗《やとう》みたいな真似をするなんて――！

でも、もういいか、それは……。

僕は、国王様から退室の許可をいただくと、深々《ふかぶか》と一礼してその場を後にしたのだった。


国王様の部屋の外には、僕付きのメイドであるクレアが待っていた。

「あ……セラム様」

「クレア……どうした？」

僕は憂鬱な足取りで自室に戻るべく歩き出した。

背後からクレアが僕に付き従《したが》いながら口を開く。

「いえ、セラム様が国王様に謁見中だったので……彼らには帰っていただいたのですが。実はさっきまで、今回のサンドアンベシル・タートルの討伐で犠牲《ぎせい》となった冒険者の家族の方がいらしていたのですよ」

「そうか……」

「セラム様に、お礼を伝えてくれと頼まれました」

「……え？　どういうこと？」

僕は立ち止まって振り返ると、クレアに視線を向けて問いかけた。

「あのような恐ろしい魔物を討伐しただけでなく、わざわざ形見の品を持ち帰っていただき、感謝の言葉もありません、と」

その時、僕はユーリ兄さんが冒険者の亡骸に対して取った行動の真意をようやく理解した。

「――あの人は……！」

そうか……。

そうか、あの人は……。

僕自身、自分の器の小ささを恥じた。考えの至《いた》らなさが嫌になった。僕はあのユーリ・ガートリンという人物をまったく理解できていなかったらしい。

今、僕に向けられている称賛《しょうさん》は本来、彼が受けるべきものだ。

それをユーリ兄さんは「面倒臭いし、興味もない」と言って拒んだ。今更彼に何と言おうとも、おそらく僕の申し出を受けることはないだろう。

僕が自室に入り上着《うわぎ》を脱ぐと、クレアが僕の顔を見つめて優しく笑った。

「ふふ、どうなされたのですか？　なんだか元気が戻ったみたい」

「クレア、話したいことがあるんだ」

「はい。何でしょうか？」

「今日、僕は本物の英雄に会ったんだ」

僕は笑顔を弾《はじ》けさせた。

そして、誰も知らない物語をクレアに語り聞かせるべく口を開いた。

——素晴らしい英雄の冒険譚を決して失わせまいと。

第三話　最高の一振《ひとふ》り

モザンク島の港には、何艘《そう》もの巨大なガレオン船が並んでいた。

四カ国平和サミットに出席するために各国から訪れた船だ。その中にユーリ達が乗ってきた船の姿もあった。

「……ごほごほ、ここがフランデンベルか。新しい感じの街だな」

よく整備《せいび》された港には様々な人々が行き交っている。

サンドアンベシル・タートルの討伐の一件から三日が経とうとしていたが、ユーリは未だ不調《ふちょう》なため、ディランに肩を借りて船を降りるところだった。すでに他の乗客達は下船しており、ユーリ達が最後だ。

「そうだな。この島は――」

ディランの説明によれば、モザンク島は温暖な気候が特徴で、国土の広さは日本と同じくらい。地理的には四カ国のちょうど中心に位置し、島の真ん中に聳《そび》えるふたこぶの山が目印なのだそうだ。

夜になると吟遊詩人《ぎんゆうしじん》の歌声や演奏《えんそう》が聴《き》こえてくる賑やかさがあり、鮮度抜群《せんどばつぐん》の熱帯フルーツや海産物が味わえるのも特徴という。

ただ、この島は今でこそ平和になったものの、戦乱が絶《た》えなかった時代は苛烈《かれつ》な戦いが繰り広げられて多くの人々が命を落とした惨劇《さんげき》の舞台だった。

それでも戦《いくさ》が終結して四カ国平和協定を締結《ていけつ》以降、島を再び悲劇《ひげき》の地にしないように侵略《しんりゃく》の許されない中立の地に指定し、四カ国による共同の統治を行っていた。

こうした経緯があり、平和がこのまま続くよう会議する四カ国平和サミットが、モザンク島のフランデンベルで開催される決まりとなったそうだ。

「この島にあった街はもともと誰も住んでいない廃墟《はいきょ》で、四カ国平和協定が成立してから再建されたんだ」

「ん？　そうなのか？　だけど、街の中心地にある幾つかの建物は、かなり古くて建築様式も他とは大分違うようだが？」

ディランの説明にユーリがある建物を指さして尋ねた。確かにユーリの指さしたほうには、古い建物の一部が残っていた。

「アレは何だったかな？　フランデンベルの街が紹介された冊子に書いてあったんだが……」

ディランはユーリに肩を貸しながら、ポケットに入っていた冊子を器用に取り出した。

その冊子に目を通しつつ、ディランが口を開いた。

「えっと……辛《かろ》うじて残っていた建造物を再建したものらしい。ランベルの塔《とう》とリリアーヌ教会だな」

「はぁ、なるほど……ぐ、頭が……！」

「おいおい。坊主《ぼうず》、大丈夫かよ⁉　明後日《あさって》の騎士交戦までには治《なお》るんだろうな……？」

「痛……ディランには大丈夫に見えるのかよ」

「んー難しい質問だな。坊主ほどの強い人間が大丈夫か否《いな》かなんて、俺には判断できないぜ」

「ごほごほ……なんだよ。人を化け物みたいに」

「ハハ、それは悪かったな。しかし、どういうことなんだろうな？　治癒魔法が効かない病気ってのは……？　あー、そういえば、昔たまに罹《かか》ってなかったか？」

「……そうだな」

「ただ、いつもは数日で治ってたから、さほど心配されてなかったんだっけか？　まぁローラの奴は、毎回騒《さわ》いでいたが。あ……もしかしたら、最近調子が良かった分、割り増しして一気に来たのかもしれねぇな？」

「それはすごく笑えない。ごほごほ」

「ハハ、そうだな」

「そうだなって……笑ってやがんの。はぁはぁ……せっかく面白《おもしろ》そうな街に来たんだから、じっくり観光したかったぜ」

「なんだかんだ言いつつ、余裕がありそうじゃないか。坊主は国の代表として騎士交戦に出場する選抜者《せんばつしゃ》だろ？　一応、国家を背負って戦うってのに緊張とかしないのか？　普通の奴なら、なかなか出てこないと思うぜ？　観光って発想は」

「ごほごほ……緊張はしてないね。ただ、面倒臭いだけ」

「まぁ。坊主らしいと言えばらしいが」

「今更、あれこれ考えても仕方ないし。いざとなれば、ニールの奴が何とかするだろう？　……ごほごほ……アレ？　地面が大きく傾いてきた……なんか本気でヤバそう……世界が揺れるー」

「お、おい⁉　坊主⁉　大丈夫か‼」

ディランは高熱で気を失ったユーリを担《かつ》ぎ、騎士交戦に出場する各国の選抜者に宛《あ》てがわれた部屋に向かうのだった。


ユーリは、四カ国平和サミットの開催中に泊《と》まっている部屋のベッドの上で呻き声を上げていた。熱に浮かされて寝返りをうつと、ユーリの頭の上に載せられていた濡《ぬ》れタオルが枕元にずれ落ちる。

今日は騎士交戦の当日なのだが、ユーリの熱は下がらず、未だ苦しそうに寝込んでいた。

——トントントン。

その時、ユーリの部屋にノックの音が響き、静かに扉が開いてローラが顔を出した。

「失礼します。お加減いかがですか？」

ローラはベッドに横たわっているユーリに近づくと、乱れた布団を掛け直した。そして濡れたタオルを取り換《か》えている間に、ローラの気配を察知《さっち》してユーリが目を覚ます。

「うぐ……頭いたぁ……」

「すごい熱……」

ローラはユーリの額に濡れタオルを載せると、そっと手を伸ばして彼の赤くなった頬に触れた。そして、ユーリの体温の高さに目を見開いて驚く。

「ごほごほ……ローラの手は冷たくて気持ちがいいな。……アレ？　リムは？」

「リムさんは……」

「どうした？」

「リムさんは騎士交戦に出場する選抜者としての準備があると、先ほど……」

ユーリの問いにローラは口籠《くちごも》る。彼女は、今日が騎士交戦の当日であることをユーリに伝えるべきかどうか迷っていた。ガートリン男爵家の次期当主であるユーリが騎士交戦で功績を挙げるのは、家の名誉だろう。それは、仕えているメイドとしても喜ばしいことである。

しかし、騎士交戦では大怪我《おおけが》をする者もいるほど、毎年熾烈《しれつ》な戦いが繰り広げられていた。そんな危険な戦いの場に体調が優れず寝込んでいるユーリを出場させるべきなのか？

ガートリン家の名誉は落ちるものの、欠場させたほうがいいのではないか？

こうした葛藤《かっとう》があり騎士交戦のことを伝えるか迷い、躊躇《ちゅうちょ》してしまったのだ。

「ごほごほ……マジか。今日が騎士交戦の本番だったか。寝てばかりで時間の感覚が狂っていたよ」

「……」

「まだ間に合うよね？」

「……はい。ユーリ様、すごく体調が悪そうですが……本当に、騎士交戦に出場されるんですか？」

「あのノアの爺様が病欠《びょうけつ》なんか許してくれる訳ないよ。……ごほごほ」

「それは確かにそうかもしれませんが……心配です」

「ありがとう。ローラには心配かけっぱなしだな」

「そんな……もう、私は何の力もないただのメイドです。私に出来ることはユーリ様を見守ること、それだけですので」

「ほんとに俺は……多くの人に支えられているようだな……ごほごほ」

ユーリはゆっくりと体を起こし、ベッドから立ち上がる。そして、ローラが準備した衣服に着替え始める。

「ユーリ様？　まだ少し時間がありますよ」

「いい。準備をするよ。ローラ……」

「は、はい」

「……」

「……」

「えっと……いつもありがとう」

「それはどういう？　なんで、今『ありがとう』なんて言うのですか？　……それでは、まるで最後みたいではないですか……何があったのですか。最近のユーリ様は変です」

ユーリの背中を見つめるローラの瞳から涙がポロポロと溢《あふ》れ出した。

着替えを終えるとユーリは、ローラに約束するように言った。

「最後じゃないよ。絶対に終わらせない」

「うぅ……」

「ハハ……何、泣いてんだよ。俺は大丈夫」

ユーリは穏やかな微笑みを浮かべて、ローラの瞳から零れ落ちる涙を拭《ぬぐ》う。

「……あ」

「俺は死亡フラグだろうが何だろうが、折ってみせる。……それに話したいことがいっぱ

いあるんだ。ただ、心配性のローラにはすべて終わったら話すよ。だから待っていてくれよ」

ユーリはクローゼットに掛けてあったコートを抱え、部屋を後にするのだった。

騎士交戦の開始時刻まであと二時間に迫る頃――。

ユーリは、選抜者のために用意されたクリムゾン王国の男子控室《ひかえしつ》兼《けん》更衣室で、ニールと共に戦闘の準備を整えていた。

「ごほごほ……これ、本当に着るのか？」

相変わらず体調の悪いユーリは、眉間に皺を寄せながらぶつぶつと呟いた。彼の目の前には、クリムゾン王家の紋章《もんしょう》の刺繍《ししゅう》が施《ほどこ》された、赤と黒の配色によるド派手なマントが掲げられている。

「当たり前だろ。このマントは魔法耐性などのいろいろな付与《ふよ》効果がある、かなり高価なものなんだぞ？」

ユーリの持っているマントと同じマントを身に着けていたニールが平然と返す。

「俺はマントの性能のことを言ってるんじゃなくて、赤と黒は、派手じゃないかってのが気になるんだけどね」

「仕方がないだろ。赤色はクリムゾン王国の国色なんだから。更に言えば、観客が観戦しやすいような配慮だろう。他の国を代表する選抜者だって……。確か、ポワゼル王国が青色、シャンゼリゼ王国が緑色、ルーカス王国が黄色のマントを身に着けることになっていたな」

「ごほごほ……俺達は見世物《みせもの》でも戦隊ヒーローでもないんだがな」

「気持ちは分からんでもないが、愚痴《ぐち》を言っていても始まらないだろう」

「まぁ……そうだな。あ……」

ユーリが渋々ド派手なマントを身に着けていると、何かを思い出したように声を上げた。

「どうした?」

ニールがユーリに問いかける。

「そういえば最近、アンリエッタと仲が良さそうじゃねーか」

ユーリが妹の名前を出すと、ニールはあからさまに動揺《どうよう》した。

「む……アレは……け、決して……そんな、いかがわしいものではない」

「へぇ……朝から晩まで一緒にいて、何とも思わないのか？　まぁ、強さに狂気をはらんでいるから、女としては見られんか……ごほごほ」

「いや、ただ……」

ニールは頬を掻きながら、何やら説明し難《にく》そうに言葉を濁《にご》した。その様子が気になったユーリは、目を細めてニールを見た。

「ただ？　なんだ？」

「いや……まぁ、綺麗だな……とは」

　ニールは頬を真っ赤にして、ユーリの視界から逃れるように後ろを向いた。

「……あぁ。スポコン系のラブコメかよ。聞くんじゃなかった。ごほごほ、俺の体調がまた悪化《あっか》しそう」

「き、君が聞いたんだろ……!?」

「やめやめ。言い忘れていたがアンリエッタと付き合いたかったら、俺を倒さないと駄目だぞ。それは決定事項な。ちなみに手加減は一切ないと思えよ。ごほごほ」

「君ね。それは……」

「うん。体調が悪くなりそうだからこの話はここで終わり。……で、騎士交戦の参加者について何か知っているか？」

「君は相変わらずだね。本当に自分勝手というか……って、参加者の情報ならノア様が直々《じきじき》に教えてくださったではないか」

「……覚えてないな」

「はぁ……まず、警戒すべきは前回優勝《ゆうしょう》しているルーカス王国だろう。軍事において、かなり力を入れている国家だけに騎士学校のレベルが高いことでも有名だ。なんでも、今回は逸材《いつざい》と呼ばれる大斧を持った者が参加しているのだとか」

「騎士で斧使いは珍しいな」

「魔法先進国のシャンゼリゼ王国などは、僕らの知らない魔法を使ってくる可能性が十分ある。そういった意味では一番読めない相手だ」

「ごほごほ……魔法先進国……って、アレだろ？　さっき覗いた闘技場に設置されていた投影機《とうえいき》の魔導具を発明したのもそいつらだったか？」

「あぁ……侮《あなど》れない。更にポワゼル王国からは、ノア様と旧知《きゅうち》の仲で『神速《しんそく》の一閃《いっせん》』と呼ばれている騎士ルルーシュ・リールの弟子《でし》が出場するらしい。僕らなら問題ないとノア様は仰っていたが、決して油断すべきじゃないだろうな」

「うわ、面倒臭そうだな。ごほごほ」

「君ね……それ、ノア様から聞いた時も同じことを言っていたけどね」

「ごほ……アレそうだったっけ？　てか、また熱が上がった気がするんだけどね。目の前がぼやけて……」

「お、おい。本当に大丈夫か……？　うわっ！　な、なんて体の熱さだ⁉」

ふらつくユーリの体を支えると、ニールはその体の熱さに驚愕した。

「ごほごほ……何とかな、騎士交戦で役に立つか知らんが、ニールさえいれば楽勝だろう？　俺は後ろで休んでていいかな？」

「いや、僕一人でか？　それはさすがに……」

「大丈夫、ラーナもリムも物騒《ぶっそう》なほど強いから。なんたって、レジェンド級の魔物サンドアンベシル・タートルを倒してしまうくらいだし……ごほごほ」

ちょうどそこへ騎士交戦の係員が呼びに来た。二人は係員に案内されて他の国の選抜者達と一緒に会場へ移動するのだった。

◆

コロッセオにも似た円形闘技場は、大勢の観客達で埋め尽《つ》くされていた。

女性の司会者が拡声器のような魔導具を片手に持って会場を盛《も》り上げる。

「こんな平和の祭典でも、やっぱり賭《か》け事好き！　戦い好きなイカれ野郎ども！！！　この日を楽しみにしていたかぁぁぁぁ⁉」

「おぉぉぉぉぉぉぉぉぉぉぉー！！！！！！！」

女性の司会者の声に煽《あお》られて観客達から絶叫《ぜっきょう》が沸《わ》き上がった。騎士交戦では四カ国平和サミットの運営資金を確保する目的のために『賭け事』が公式に認められている。それゆえに詰めかけた観客達の熱狂度《ねっきょうど》は半端《はんぱ》ではなく、立ち見が出るほどの大盛況《だいせいきょう》を呈《てい》していた。

「本日、司会を務めさせていただくのはー！　私、絶世《ぜっせい》の美女と謳《うた》われるミリカだー‼」

気分よく決め台詞《ぜりふ》を言い放ったミリカに対して、観客達から容赦のないヤジが返ってきた。

「いいからー！　さっさと始めろぉー!!」

「冗談《じょうだん》は顔だけにしろぉー！」

「年増女《としまおんな》が引っ込んでろぉー！」

——その時、ミリカは完全にブチギレた。

怒りに額の血管を浮き上がらせたミリカは、大きく息を吸うと……次の瞬間、観客達が耳を塞ぐほどの大声を上げた。

「……うぅぅぅぅぅっっっっーーーーーせぇんだよぉおぉぉぉぉ！　屑《くず》どもがぁぁぁぁぁあ！！！　こんなところに来てねーで、とっとと帰って仕事してろっつーんだよ!!　おい！　特に私のことを年増と言った奴！　全員の顔は覚えたからな!!　ぜってー後でぶち殺す！　生きてることを後悔《こうかい》するくらいに、惨《みじ》めに殺してやるぞ！」

「「「……」」」

急に静まり返った観客達を見て、我に返ったミリカは怒気《どき》を隠して笑みを浮かべた。

「……あ。しまったな。テヘ、なんちゃって……今のは……アレだよ。アレ。……そう冗談、冗談だから！　可愛いミリカが乱暴《らんぼう》な言葉とか絶対に言わないよ？」

「「「……」」」

ミリカは自身の失態《しったい》を取り繕おうとしたが、完全に静まり返る観客席。

その状況に耐えられなくなった彼女は何とか誤魔化《ごまか》そうと、騎士交戦の選抜者の名前を紹介していく。

「そ、それでは～、気を取り直して～。騎士交戦に出場する選手達の入場です！　まずは前回の騎士交戦優勝国――」

会場の中央に張られた白い幕には、プロジェクターのような魔導具によって選抜者の顔が一人一人大きく映し出された。こうしてユーリ達を含めた騎士交戦への参加者達――四カ国の選抜者各四名、総勢《そうぜい》十六名は闘技場の中央に集められたのだった。

「……以上、各国の新星が集まりました。それでは今回の騎士交戦の競技を発表します！」

ミリカが一旦《いったん》言葉を切ると、手に持っていた黒い封筒《ふうとう》を開けた。ちなみに騎士交戦の競技内容は選手及び関係者の公平性を保つため、ギリギリまで極秘《ごくひ》とされていて、毎回開始直前に発表されるのが決まりだった。彼女は黒い封筒から一枚の紙を取り出すと、そこに記載《きさい》された競技内容を高々と読み上げた。

「今回の騎士交戦における競技は、ずばり『ダンジョンにおける遭遇戦』です！」

それからミリカによって競技の概要《がいよう》が説明されていった。

競技のルールを掻い摘んで説明すると――。

まず、各国の選抜者の代表がくじ引きを行い、闘技場の地下深くに構築されたダンジョンに入るための四つの入口のうち、どの入口から入るかを決める。

その後、選抜者達は複雑に入り組んだダンジョン内に仕掛けられた数々のトラップや襲い来るゴーレムの脅威を潜り抜けて、制限時間三時間以内に最下層を目指すというものだ。

勝敗にはポイント制を採用している。

複数の魔法使いによって操《あやつ》られたダンジョン内のゴーレムを倒したり、宝箱を発見したりすると、二〜十ポイントが獲得《かくとく》できる札がランダムに設置されている。そして、制限時間内に最下層のチェックポイントに一番早く到達したチームには五十ポイント、二番目に到達したチームが三十ポイント、三番目に到達したチームが十ポイント、四番目に到達したチームが五ポイントをもらえるルールだ。

もちろん、最下層のチェックポイントに至るまでにチーム同士で戦って、ポイントの書かれた札を奪い合うのも自由である。最終的に一番多くのポイントを獲得したチームの勝利となる。

また、事前審査《しんさ》を必要とするが、選抜者達には一人につき魔導具を一つ持ち込むことが許されている。更に、命の危険が迫った時に降参《こうさん》の宣言が出来る魔導具も配布される。ただし、その魔導具を使用した者は、試合終了までその場で拘束されてしまう。

なお、この騎士交戦は四カ国の交流戦でもあるため、致命傷《ちめいしょう》となる技や魔法の使用は禁止とされている。もちろん、建前上の話だが——。

競技のルール説明が終わり、準備が整うとミリカの号令によって騎士交戦は始まった。

――それから、ちょうど三十分が経過した頃。

東京ドームほどの大きさがある闘技場は、観客達のどよめきに包まれていた。彼らが食い入るように見つめているのは、闘技場に設置されたスクリーンである。ダンジョン内には複数の監視《かんし》カメラに似た魔導具が設置されており、その映像を観客達はリアルタイムで見ることが出来るのだった。

そこには今、一人の選手が映し出されていた。クリムゾン王国の選抜者であるユーリだ。

騎士交戦は国対抗のチーム戦にもかかわらず、なぜユーリが一人でいるのか。その話は後にするとして――。

ユーリはダンジョン内に複数作られたゴーレムが大量にいるフロアにいた。その数は五十体以上。だが彼は、そんな多勢《たぜい》に無勢《ぶぜい》をものともせず、襲い来るゴーレムの集団を殲《せん》滅《めつ》していた。

ただ上級魔法や強い剣撃で破壊しているようには見えない。ふらふらと揺らめくようにゴーレムの攻撃を躱《かわ》し、その巨体の動きを利用して同士討ちさせているユーリの動きは、コメディ要素を取り入れたカンフー映画の酔拳《すいけん》を彷彿させた。

まったく注目されていなかったダークホースの出現に、観客達は大いに盛り上がり、度《ど》肝《ぎも》を抜かれているのだった。

騎士交戦における賭けの倍率は、昨年最下位だったクリムゾン王国が他の国に比べて高めに設定されていた。そのため、クリムゾン王国に大金を張っていた者達は熱狂し……声《せい》援《えん》が必然的に大きくなっていた。

その一方で、ユーリの戦いぶりを見て別の意味で驚愕している人々がいた。

◆

闘技場内にあるシャンゼリゼ王国最先端《さいせんたん》魔法技術チームの指令室では、ゴーレムを操作している魔法使い達が驚きに目を瞠っていた。

「なぜ、ゴーレムが完全停止するんだ⁉　今回、用意したゴーレムはある程度の破損《はそん》ならば、すぐに再生するのだろう？」

シャンゼリゼ王国最先端魔法技術チームのリーダーであるコリック・ランナーは、自分達が操作しているゴーレムが次々と破壊されていくスクリーンの映像を見て呟いた。

そこへ部下の女性が資料を手にやって来た。

女性の名はマチルダ・コリン。二十代後半という若さながら、シャンゼリゼ王国最先端魔法技術チームの副リーダーを務めている才女だ。

「リーダー。報告してもよろしいでしょうか？」

「あぁ聞こう」

コリックの了承を得て、マチルダは資料を捲《めく》りつつ報告する。

「ゴーレム本体に与えられた被害自体は軽微《けいび》であるものの、どういう理由か壊されたゴーレムとの魔力接続が切断《せつだん》されて再生できなくなったようです」

「魔力接続の切断だと⁉」

マチルダの報告を聞いたコリックは、驚きのあまりダンッとデスクを叩いた。

「……はい。何らかの魔法によるジャミング、もしくは魔法式の書き換えが行われているのではないかと」

「な！　聞いたことないぞ！　クリムゾン王国の魔法局や魔法学園で開発されたのか？もし、そんな魔法が開発されていたなら、世界の魔法事情がひっくり返るぞ！」

焦りの色を隠せないコリックの額から汗が流れ落ちた。

コリックが焦る理由、それは今までの戦争における勝敗は、国が抱える魔導具の質に依存してきたことにある。特に国土の半分が不毛《ふもう》な砂漠《さばく》地帯であるシャンゼリゼ王国が、これまで他の大国と対等に渡り合えたのは、その高い魔法技術によるものが大きかった。

それゆえに、四カ国平和協定の締結以降も、魔法技術が他国に流出することを恐れて、シャンゼリゼ王国では多くの魔導具の持ち出しを固く禁じていた。僅かに輸出の許可が下りている魔導具自体にも、その技術が読み取られないよう厳重《げんじゅう》な細工《さいく》が施されている。

世界中で戦争が減《へ》り、現在いくら平和になったとはいえ、どこに脅威があるか分からない。平和が永遠に続くかどうかなど誰も知りはしない。国家を維持するためには、常に戦うことの想定が余儀なくされている。それで、先ほどマチルダが報告した魔法についてだが、広義的《こうぎてき》にはゴーレムは魔導具に含まれていて、そのゴーレムを破壊できるということはすべての魔導具が破壊できる可能性がある。つまり、魔導具が国防そのものに関わっているシャンゼリゼ王国にとって、一方的に魔導具を使用不可にされる事態は悪夢でしかないのだ。

「これ以上の調査は破壊されたゴーレムの回収後でないと出来ません。ただ、クリムゾン王国に潜らせている調査員によると、魔法局や魔法学園では魔導具のジャミング魔法や魔法式の書き換え魔法の開発は行われていないそうです……それで取り急ぎゴーレムを破壊している彼のデータを調《しら》べたところ、不可解なことに騎士学校に在籍《ざいせき》中だと」

「騎士学校だと……？　馬鹿な!?　なんだ、あの少年は……！　いったい、何者なんだ!!」

苦悶の表情を浮かべたコリックは、倒れ込むように体を椅子《いす》に預《あず》けて座り込み、頭を抱えるのだった。

◆

ユーリの戦いを驚愕の思いで観戦していたのは、王族達を守護《しゅご》する屈強な騎士達も同様だった。

一見、どこか怠《だる》そうな体捌《たいさば》きでギリギリのところで凌《しの》ぎながら、偶然《ぐうぜん》にもゴーレム同士が同士討ちをしているように見える。しかし、わらわらと五十体以上のゴーレムがひしめく中とはいえ、そんな偶然が何度も起こり得るだろうか。仮にこれを狙ってやっているのだとしたら、それほどの離《はな》れ業《わざ》を成し遂げられる人間が果たして自分達の騎士団に何人いるだろうか？　その場にいた騎士達はそのような感想を抱きながら、息を呑んで戦いを見つめることしか出来なかった。

彼らの中で、ユーリが力を出し切れないで戦っている事実に気づいていたのは、ほんの二名に過ぎなかった。それは、クリムゾン王国のノア・サーバントとポワゼル王国のルルーシュ・リールだけだった。両名は各々の主である国王の背後に控《ひか》えつつ、互いの顔色を窺いながら、意味深な視線を交わしていた。

「なんだ。あのガキは……！」

ルルーシュが声量を下げて隣のノアに尋ねた。

「ほほ……何のことかの。しかし、ひどい動きじゃな」

「あぁ。そうだな。無茶苦茶だ。しかし、力量が測り辛いな。手を抜いてるんじゃないか……？」

「……ほぉ。さすがはポワゼル王国で『神速の一閃』と呼ばれている男じゃな」

ルルーシュは眉間に皺を寄せてノアに不平を述べた。

「茶化《ちゃか》すなよ。その呼び名は好きではない。……って否定しないということは、あのガキがクリムゾン王国の秘密兵器ということか？」

「ほほ、あのユーリという小僧は一国に収まる器ではないと思っているがな」

ノアの言葉を聞いて、ルルーシュの背筋《せすじ》に冷たいものが走った。彼は多くの戦場でノアと剣を交えて戦った。敵国の人間でありながらノアの人となりは把握していた。

ノアは人を過大にも過小《かしょう》にも評価しない極《きわ》めて公平な男だった。そのノアがユーリを最大級とも言える言葉で評価したのだ。

「そうか……なら、是非とも一度手合わせを願いたいものだな」

ルルーシュは、スクリーンに映し出されたユーリの姿に鋭い一瞥を投げかけると、帯刀《たいとう》している剣におもむろに手を乗せた。

ユーリは自身の与《あずか》り知らぬところで、またもや厄介な人物に目を付けられた。ポワゼル王国のルルーシュ・リールという凄腕の剣士に。

そして、これを皮切《かわき》りに今後更《さら》なる面倒な事態に巻き込まれていくことになるのだが――それはまた、別の話である。

◆

騎士交戦が開始されてから一時間が経った。

「ごほごほ……アイツらどこ行ったんだよ。そもそも、誰だよ。あのふざけたトラップ仕掛けたの。あーもうゴーレムがわらわらと邪魔《じゃま》くせー」

ユーリは体調が悪そうにダンジョン内の道を壁伝《かべづた》いに彷徨《さまよ》い歩いていた。彼の足元には破壊されたゴーレムの残骸《ざんがい》が大量に転がっている。しかし、どういう訳か、ユーリの仲間達の姿が見えない。

その理由は、騎士交戦開始直後にダンジョンの中で、休もうとユーリが腰かけた岩に仕掛けられていたトラップにかかって突然床が抜けてしまったからだ。そして、そのまま不運にもゴーレムが大量に存在するフロアへ。

どうやら体調の悪化により警戒心が薄れ、普段よりもスキル【危険予知】の効力が鈍《にぶ》っていたのが原因のようだ。

こういう経緯があって、ダンジョンで一人になったという訳だ。

それでもなんとかゴーレム達のフロアを突破し、壁に手を付きながら歩いた。ただ、今度は通路を進んだ先から人の気配を感じユーリは表情を曇らせた。

「次から次へと……今日は厄日《やくび》かな？」

ユーリは逃げる気力も湧かず、通路の先の曲がり角から姿を現した騎士交戦の対戦相手である他国の選抜者達と遭遇することになった。

現れた他国の選抜者達の視界にもユーリの姿が入ったのだろう。彼らの中で一番の実力者と思われる黒髪の男性が、いつでも剣を抜ける体勢のままユーリに話しかけた。

「何かが壊れる音が聞こえてきたと思ったら」

「……ごほ……願わくば、今は出会いたくなかったな」

（青色のマントを羽織《はお》っているのは、ポワゼル王国の選手だったか？　やはり、体調不良の影響がスキルにも出ているのだろうか？　【危険予知】のスキルが発動しなかった……。幸い【隠匿】のスキルはなんとか使用できているようだが）

釈然《しゃくぜん》としない気持ちでユーリは剣の柄頭《つかがしら》に手を置いた。これに対してポワゼル王国の選手達は、五メートルほどの距離を開けて臨戦《りんせん》態勢を取った。

「あのマントはクリムゾン王国の？」

「一人っていうことは、仲間とはぐれたのかな？」

「いや、他にも仲間が潜《ひそ》んでいるかもしれない……油断するなよ」

「あー確かにそうだね」

ポワゼル王国の選手達はユーリへの警戒を解かぬまま小声で意見を交換している。そんな中、ユーリも彼らへの対抗策を練《ね》り始める。

（ひどい体調だし、なんなら降参もありだろうか？　いや……そんな選択をノア様が許すはずがないよなぁ。終わった後が怖い。まあ、この状態でも連中を圧倒するのは簡単だろう。とはいえ、あんまり強力な魔法とかは使いたくない。面倒臭い奴らに目を付けられて、俺の平穏《へいおん》な暮らしが脅《おびや》かされるのは真《ま》っ平《ぴら》ごめんだ。いったい、どうしたものか？　だけど……う……くっ……今は頭が痛くて割れそうだ！　上手く考えが纏まらない。ああ……それにしても、面倒だな……もう、なるようにしかならないか）

「君、降参するのなら危害は加えないが……どうする？」

ポワゼル王国の黒髪の男性が一歩前に出て、ユーリに話しかける。

「……」

「どうした？　君が戦うつもりなら、このガンドル・リールも手加減できないんだが？」

「ごほ……いいから、つべこべ言わずかかって来いよ……考えるのも面倒だ」

ユーリは緩慢《かんまん》な動作で剣を抜いて構えた。

「仕方がない……カリナ」

「分かったよ。【ファイヤーブレット】」

ガンドルは首を横に振って一歩下がり、カリナと呼んだ女性に指示する。

カリナは頷くと杖を突き出し【ファイヤーブレット】の魔法を唱えた。すると、空中に火の塊が現れ、彼女が杖を振り下ろすとユーリに向かって降り注いだ。

「ごほっ！　……遅いよ。剣技【一文字】っ……！」

無数の火の塊が降り注ぐ瞬間、ユーリは凄まじい速さで剣を振り抜いた。

その剣の斬撃《ざんげき》により、炎の魔法が轟音を響かせて撥《は》ね返される。

「な⁉　イラン！」

「……はい。【ウォーターシールド】」

ユーリが魔法を弾いたことにガンドルは動揺しつつも、イランと呼んだ男性に指示する。

イランは【ウォーターシールド】の魔法を発動させて水の壁を作り出し、ユーリが撥ね返した火の玉を相殺《そうさい》した。すると、火と水が合わさったことで水蒸気となり視界を遮った。

「斬撃で魔法を吹き飛ばしただと⁉　……カリナ、油断するな！　相手はかなりの強敵だ、視界を確保しろ！」

「【エア】」

カリナが【エア】の魔法を唱えると、大気中の水蒸気が吹き飛ばされ、視界が確保される。いつものユーリなら好機《こうき》を逃さず、水蒸気に紛れて敵の不意を突いていただろう。だが、ユーリは剣を振るった場所から動かず頭を押さえていた。

（ぐっ！　……あぁヤバいな。今一瞬、熱でまた気を失いそうになったぞ。くそ……攻撃のチャンスを逃しちまった。距離が開いた状態で魔法使いを相手にするのは面倒なのに）

ユーリが憂鬱な表情で思案を巡らせていると、ガンドルが進み出てきた。

「一騎討ちで俺と手合わせ願いたい」

ガンドルがいきなりユーリに一騎打ちを願い出たことに仲間達は驚愕する。

「ガンドル！　何考えているんだ？」

「そうよ。私らの魔法でけん制しつつ攻《せ》めたほうが……」

魔法使いのカリナとイランが異を唱えた。

「……リーダーのガンドルの判断ならば従うべきだろう」

反対に、剣を構えた茶髪の男性は、ガンドルの意見を肯定する。ガンドルはユーリから視線を外すことなく、その茶髪の男性に向けて言った。

「ルラン、ここは俺が引き受けた。カリナとイランを連れて先に行け」

「それは構わないが……お前は、大丈夫なのか？」

「……」

「……分かった。こっちは何とかするから、後で必ず追って来いよ」

ガンドルからの無言の回答を受け取ったルランは頷き返すと、魔法使いのカリナとイランを連れて、来た道を引き返していった。

ガンドル以外のポワゼル王国の選手が去った後、ガンドルとユーリはしばらく静かに向き合っていた。その沈黙を破ってユーリはゆっくり口を開く。

「ごほっ……一つ聞いてもいいか？　なんで、一番勝率が低い選択をしたんだ？」

「ハハ……君の剣の一振りを見た瞬間に実力の差は分かったよ。あのまま全員で戦っても、勝率は十パーセントを切るだろう、と。ここは一騎討ちで仲間を逃がすのが最善手《さいぜんしゅ》だと判断したんだ」

「……なるほどな」

「……それで一つ頼みたいんだが、いいかな？」

「ん？」

「もし俺が負けても、仲間達は追撃しないで欲しい」

「カッコいい願い事だ……ごほごほっ……だが、そもそも俺は、お前らから攻撃を仕掛けて来なければ、戦いを挑んだり、追ったりすることもなかったんだぞ？」

「大勢の観客と四カ国の要人達が見守る中だ。一度、剣を向けた相手から逃げ出したとあっては体裁《ていさい》が悪い」

「まぁ……別にいいけど。ごほごほ……さっさと終わらせるぞ。剣を抜けよ」

ユーリが剣を構えて言うと、ガンドルは首を横に振った。

「この体勢で問題ない。俺の剣術は、神速の抜刀《ばっとう》と言われる『ウリュウ剣術』だからね」

「へぇ……ごほ……抜刀術か。面白いな」

（ん？　アレ？　抜刀術って、日本で編《あ》み出された剣術の一種じゃなかったっけ？　あ……そうか。もしかすると、日本の剣客も異世界転移していたのかも）

ユーリは独り合点《がてん》すると、一呼吸置いて口を開いた。

「来いよ……」

（……って、抜刀術は受けの剣術だったたな。しんどいが……少し、動くとするか）

ユーリはふらつく足取りで、ガンドルの居合《いあい》が届くギリギリの地点まで接近して立ち止まる。だが、ガンドルがユーリに攻撃を仕掛ける気配はなかった。ユーリの誘いには応じず、ガンドルも冷静にユーリの出方を探っているようだ。

「……どうしようかな、ちょっと試すか……【ハンド】」

ユーリが【ハンド】を唱えると、周囲の地面に落ちていた石が浮き上がりガンドルに向かって飛んだ。これは無魔法の一種で物体を自由に操れるのだ。

この攻撃にガンドルは俊敏《しゅんびん》な動きで反応し、自身に襲い来る石を容易に撃《う》ち落としていく。

——カンカンカンカン!!

それは、普通の人間の肉眼《にくがん》では捉えられないほどの剣速だった。

ユーリはガンドルの剣の腕前を見て感嘆した。

「ごほごほ……なかなかやるな」

「はぁー。まだまだ……！」

ユーリによる石礫《せきれき》の攻撃が止《や》むと、ガンドルは剣を鞘に仕舞って一息吐く。

「うむ……なかなかカッコいいな。今度やってみようか……それにしても抜刀術には、どんな剣技があるのだろうか？」

ユーリは剣を持ち直して、ガンドルの間合《まあ》いに一気に入り込んで剣を振るった。

――ガキンッ！

二人の剣が交わり激しい火花が散《ち》った。恐るべきスピードで襲い掛かるユーリの一刀《いっとう》をガンドルが辛うじて受け止める。

「お、やっぱり速いな」

「うぐ、なんて重い剣だ……【牡丹《ぼたん》】」

ガンドルは【牡丹】と呟くと一気に脱力し、剣を抜いてユーリの一撃を受け流すと、胴めがけて剣を振るった。しかし、ユーリは瞬時に地面を強く蹴《け》って飛び上がり、バク宙《ちゅう》をする形でガンドルの攻撃を躱した。

それからしばらく一進一退《いっしんいったい》の攻防戦が続いた。

目にも留まらぬ剣戟《けんげき》の後、ユーリはガンドルの剣を弾き返して距離を取った。対してガンドルは居合の射程《しゃてい》距離の外へ出たユーリを追撃しなかった。

「ごほごほ……抜刀術とはなかなか興味深いな。面白い」

「一太刀《ひとたち》くらいは……と思っていたけど、かすり傷一つ付けられないとは」

「まぁ俺もそれなりに剣を磨いて来たからな」

「……一つ聞きたいんだけど。いいかな？」

「ん？　なんだ？」

「君は最高の一振りに到達しているのか？」

「ごほごほ……なんだそれ？」

「……そうか。君の国ではそういう剣技はないんだな……上段の構えから真下に振り下ろす剣技なんだが」

「ん？　それは【山割り】とは違うのか？」

「見た目は同じだ。【山割り】は、インパクトの瞬間、全体重と腕力を最大限に発揮《はっき》させる打撃の必殺剣。俺の言う最高の一振りとは、自身が修得《しゅうとく》した剣術の粋《すい》と鍛え上げた肉体の力を凝縮《ぎょうしゅく》した渾身《こんしん》の一振りだ。使用者によって威力が異なるので固有の名称《めいしょう》はなく、自ら名を付けるのが通例となっているよ」

「ほう……しかし、お前が言うようなものなら、その剣技はやりようによっては誰にでも習得《しゅうとく》できそうだけどな？　そんなに難しいのか？」

「……やってみれば分かるよ。自身における最高の力と最高の技術の両方を妥協《だきょう》せずに一振りに込めるのは、すごく難しい」

「ごほごほ……確かに言われてみると、そうかもしれないな。最高の力で振り抜いた剣に技術を挟み込むというのは、右を見ながら左を見ろ、と言われるのと同じことって訳か。面白いことを教えてくれてありがとよ……ただ、ヤバい……また、体が重くなってきやがった。そろそろ決着をつけるとしよう」

「そうか……」

「じゃ……悪いが魔法を使わせてもらうぞ」

「来るなら来い！　受けてみせる」

「【ウォーターボール改】」

ユーリは手を前に突き出して【ウォーターボール改】と魔法を唱えた。すると、目の前に巨大な水の塊が出現した。その水の塊はふよふよと浮かびながらガンドルへと向かっていく。

「なめているのか！　こんなもの！」

「どうかな？」

ガンドルはユーリが放った水の塊を容易に両断《りょうだん》した。ところが、ユーリの真の目的は別のところにあったらしい。ガンドルによって切り裂かれたかに見えた水の塊は、なんと、周囲に飛び散ることなく彼の剣にまとわり付いた。

「な……なんだこの魔法は！　アババ……グハ」

【ウォーターボール改】はユーリらしい、えぐい魔法であった。その魔法で発現した水の塊はガンドルの全身に纏わりつき動きを封じ、顔を塞ぐことで呼吸困難に陥《おちい》らせたのだ。

「この魔法、動きが速すぎるアンには使うことが出来なかったが、受けの剣である抜刀術には相性《あいしょう》が良すぎたね。ごほごほごほ……あぁ……本当に体がしんどくなってきた」

ユーリはガンドルが気を失っていることを確認すると、【ウォーターボール改】の魔法を解除《かいじょ》し、彼の両手両足を縛《しば》ってダンジョンの端に寄せた。

そして、体調が悪化したのか、ガンドルに勝った余韻《よいん》に浸《ひた》る余裕なく、虚《うつ》ろな表情でダンジョンの壁にもたれて座り込んでしまった。

◆

「ふう……」

クリムゾン王国の王宮筆頭《ひっとう》魔導師であるリーシュ・クラウンは、闘技場内にある応接室のような場所で溜息を吐いていた。

彼女の傍にはもう一人の女性——シャンゼリゼ王国最先端魔法技術チームの副リーダーを務めるマチルダ・コリンの姿がある。

二人は紅茶を飲みながら、投影機のような魔導具によって白い布に映し出される騎士交戦の様子を眺めていた。

「ユーリ・ガートリンについて知っている情報は、本当にないのですか？」

「何度聞かれても、知らんもんは知らん」

「嘘ではありませんね？」

「もちろんだ。何度この問答《もんどう》を繰り返すんだ」

「各国とも魔法技術においては秘匿《ひとく》する部分もあるでしょう。ただし、この場合は隠し立てすると、四カ国平和協定に大きな亀裂《きれつ》を生む恐れがありますよ？」

「分かっている。だが、お前の主張する新魔法が開発されたのなら、もっと秘密裏《ひみつり》に軍事転用されているはずだ。あんな大衆の目に晒《さら》された場所で使う訳がない」

「む、確かにそうかもしれませんが……」

「そもそも彼は……あっ！」

反論を述べようとするマチルダを遮ったものの、何か思い当たる節があったのか、リーシュは声を呑んだ。その挙動《きょどう》を不審《ふしん》に感じたマチルダが間髪《かんはつ》を容《い》れず問いかける。

「彼は何ですか？」

「いや、なに……彼が騎士学校の生徒ならば、その管轄者《かんかつしゃ》であるノアの爺様に話を聞けば、何か情報が得られるのではないか？」

リーシュの指摘にマチルダは目を伏《ふ》せた。

「もちろん、ノア様にもそれとなく伺《うかが》いました。しかし、『たまたま偶然ではないか？　もしくは魔導具の誤作動《ごさどう》じゃろう』と言われてしまって」

「うむ。確かに、そう考えるのが妥当《だとう》だろうな」

「ノア様の仰る通り、一、二体なら誤作動の可能性はあるでしょう。ですが、あのユーリ・ガートリンの闘いにおいては数が多すぎます」

「彼の足元には三十体以上のゴーレムが転がっていたな。やはり、今のこの状況では騎士交戦が終わった後に、石くれになったゴーレムを回収して調査する以外ないのでは？」

「……それで何か有力な手掛かりが発見できればいいのですが」

「まぁ……その可能性は低いだろうな。それとも彼を尋問《じんもん》にかけるか？　もっとも、ノアの爺様が許すとは思えんがな」

「はぁ……ですよね。本当にどうにかなりませんか？　私の上司もずっと彼の存在を気にしているんですよ」

「うむ」

「……頼みますよ。私とリーシュの仲でしょう？　技術交流会議では譲歩《じょうほ》しますから」

今でこそ、こうしたざっくばらんな会話が出来るようになった二人だが、そもそも四カ国平和協定が締結する前は互いに命を狙う宿敵《しゅくてき》であった。むしろ、だからこそと言うべきか、戦後に同じ魔法使いという立場で顔を合わせると妙にウマが合ったのだろう。

　リーシュとマチルダは、他国の主要な魔法使い同士という関係でありながら、四カ国平和サミットの期間中に開かれる技術交流会議などでは、しばしば互いのプライベートなことも含めて情報を交換していたのだった。

「むむ……。それならロイに頼んでみるか」

「ロイ？　それって、貴女の今の彼氏じゃない？　なぜ彼の名前が？」

「ああ、ロイはユーリ・ガートリンが暮らす男爵家で働いているんだ」

「そうか。そこまでは聞いていなかった」

「……って、なんでその話を知っているんだ？　私が彼と付き合うことになったのは、つい先々週のことだぞ？」

「……もちろん、貴女は他国の重要人物だから情報は集めているわ。えーっと、十五回目のデートの後、トワール・リングリアスというレストランで食事をして、ダレンキオ橋で夜の海を見ながらロイに告白された。そして、その愛の言葉は……」

「わーわーやめろ！　やめろ!!　私とロイの情報は消去するよう要求する！」

　リーシュは顔を真っ赤にしてマチルダの言葉を遮った。しかし、マチルダは鼻息を荒くして取り乱すリーシュの様子を冷たく一瞥し、つまらなそうな顔でソファに背を預けた。

「あーあぁ、これで私とリーシュの独り身同盟も破綻《はたん》かー」

マチルダは生まれつき類《たぐい》まれな魔法の才を持ち、知能指数も高く仕事も早い。それゆえに魔法技術の向上に多大なる功績を残しつつ、二十六歳という若さでシャンゼリゼ王国最先端魔法技術チームの副リーダーという地位に就《つ》けたのだ。

だが、頭がキレて仕事の出来る女性にありがちな例に洩《も》れず、彼女は同僚《どうりょう》の男性には煙《けむ》たがられており、出会いの場もなかった。時折、言い寄って来る男性がいても、そのほとんどがマチルダの財産目当てという碌《ろく》でもない輩《やから》ばかり。そのため、もうすぐ三十代に突入しそうな現在でも、完全に売れ残ってしまっていた。

つまり、彼女は男性に対していろいろと拗《こじ》らせていたのだ。

とはいえ、リーシュ・クラウンの境遇《きょうぐう》も似たようなものであった。同じく二十代の若さでクリムゾン王国の筆頭魔導師という高い役職に就き、男性経験もロイと交際するまでは皆無《かいむ》に等しかったがため、その影響もあってマチルダと波長《はちょう》が合っていたと言える。

一言でいえば、彼女らは高学歴ハイスペック拗らせ女子仲間、であった。

「ユーリ・ガートリンとの接触《せっしょく》は何とか調整してみる……だから、私に関するプライベートな情報を消去しろ。それが条件だ！」

「頼みますねー。あーあ、もう貴女とお酒を飲んでも美味《おい》しくなさそうで寂《さび》しいわー」

「まぁまぁ……この業界で同世代の女性って少ないんだ。これまでの関係は続けていこう」

「それなら私にもいい男を紹介しなさいよー！」

「う……それは難しいかも。私が男に奥手《おくて》なのは、マチルダが一番知っているだろう」

「それは、まあーそうよねー。だって……今の彼氏と付き合うのにもデートを十五回も重ねなくちゃいけないんですものねー」

「う……それはそうだな。……あのな。でも、でも……!! さっきの情報は、ユーリ・ガートリンに引き合わせたら、ちゃんと消してくれるんだろうな？ 約束だぞ!?」

「まぁ……それが実現すれば、シャンゼリゼ王国最先端魔法技術チームが管理している資料は消してあげますよ。ただ、私の頭のデータベースには一回目のデートの内容から、どんな会話をしたかの履歴《りれき》まで完璧に残りますが」

「わー!! その記憶も消せと言っているのだ！」

「それは頭のいい私には難しいことですね……そのうち小説にでもして、辱《はずかし》めてやるわ……ふふふ」

「それ！ 絶対にダメなやつ！ 分かった！ マチルダにも、いい男性を紹介できるように目一杯の努力をするから!!」

そんなこんなで、二人のアラサー女子の拗らせトークは続き――。

最終的には、リーシュがマチルダに折れる形で話が纏まったのだった。

それは今後のユーリに関わってくる問題でもあるのだが……これもまた別の話である。

◆

ポワゼル王国のガンドルとの戦闘を終えて三十分が経っていた。

ユーリは熱のために朦朧《もうろう》としたまま、ダンジョンの壁に寄りかかるようにして座り込んでいた。

そんな中、突然、ユーリがカッと目を見開いた。どうやら誰かが近づいて来るらしい。微かだが複数の足音がユーリの耳に聞こえてくる。

「ごほごほ……次から次へと出て来やがって……うーん、どうしたものか？　さっきよりも関節が痛くなって、更に動くのが辛くなってきたんだけど。しかも、気配を感じた限りだと、かなりの強敵だなぁ。あぁーすごく面倒臭い。もう勘弁《かんべん》して欲しいんだけど……。でも、この相手は許してくれないだろうなあ。ってゆーか……いったい、何で俺ばっかりこんな貧乏くじを引かされるんだ？　ちょっと腹が立ってきたぞ！　くそっ！　あー理不尽だ！　俺、なんか悪いことしたか⁉　もーなんなの、いったい……って、アレ？　妙だな……あまりにムカついてきたせいで、体が少し軽くなった？」

ユーリはぶつぶつ愚痴を零しながら、まだ少し鈍く痛む頭を押さえて立ち上がった。我《わ》が身に降りかかる不幸な状況によって、怒りが沸点《ふってん》に達したおかげだろうか。体調の悪さを忘れてしまったかのように体が動く。そんなユーリの瞳に他国の選抜者である四人の男女の姿が映り込んできた。

「ひぃ……化け物」

「くう……」

ユーリの強烈な殺気を感じて、四人のうち二人の男女が悲鳴を上げて逃げ出した。だが、ぼやけたユーリの視界の中には、バトルアックスを構えた男と杖を持った女が残っている。その気配から二人とも相当な実力者であることが分かった。

普段のユーリなら勝てたかもしれないが、今の体調では分《ぶ》が悪い。しかも、男の後ろで魔法を唱える準備をしている女の実力は、男の能力を遥《はる》かに上回《うわまわ》っている。

（開会式では姿を見かけていたはずだが……。ここまで力のある選抜者はいなかった。俺が何も感じなかったということは、俺の『足枷の指輪』みたいな魔導具で力を制御《せいぎょ》していたのかもしれない）

ユーリが怪訝な面持ちで相手の実力を測りかねていると、バトルアックスを構えた男が口を開いた。

「俺はアラン・シェハート。そして、こっちがルリアだ。お前が、ユーリ・ガートリンだな？」

「ん？　なんで、俺のことを知っている？」

「お前の存在は、俺の師匠であるエリン・シュルツから聞いている」

ユーリはピクリと反応して目を細めた。ユーリは更に問いかける。

「シュルツ……？　まさか、エルフとかじゃないよな？」

「そうだ」

「……聞きたいことがある。今、その人はどこにいるんだ？」

「二カ月前、忽然と姿を消したよ」

「そうか……それで、俺になんの用だ？」

「俺がお前を倒しに来た」

「ごほごほ……そうか」

アランの言葉にユーリは咳込《せきこ》みながらも頷いて、剣の柄頭に手を置いた。

すると突然、アランの背後に控えていた青髪の女性――ルリアが沈黙を破ってアランを罵《ののし》りながらその頭を小突《こづ》き回した。

「馬鹿！」

「あで!?」

「馬鹿！」

「あで!?」

「馬鹿！」

「あで⁉　なんだよ！　急に！　ルリア、頭を叩くのはやめてくれ！」

「馬鹿！『俺が』じゃないでしょ？『俺達』でしょ？　もーチキンのアランが一人で、こんな化け物に勝てる訳がないじゃない⁉」

「あで！　……すまなかった。すまなかった。『俺達がお前を倒しに来た』でした。……アレ？　なんだ？　いきなり空気が変わった？」

アランは頭のたん瘤《こぶ》を押さえながらユーリに視線を向けた。

ユーリは額の血管が浮き出るほど眉間に皺を寄せて怒りに震えていた。

「こっちは頭がガンガン痛いってのに……イチャイチャし始めやがって」

「お前には、これがそう見えるのか⁉　……まぁいい、やる気が出たようだし……ただ、ここはちょっと狭いな。もう少し戦いやすい場所へ移動しよう。こっちだ」

「あーハハ……なんか、急に元気が出てきたぞ……ランナーズハイというやつだろうか？いや、違うか？　まぁいい、分かった。面倒だが相手をしよう。コテンパンにしてやる！」

ユーリ達は広いホールのようなフロアに移動した。

「お前は聖具を使わないのか？」

「俺の聖具は多くの人間が見ている場所で使うべきものではないんだ。それに手加減が難しいんでな」

ユーリの奥の手に関するアランの質問に、ユーリは軽く挑発するように答えた。

（こういう単細胞は、挑発に乗りやすいんだよな……）

ユーリの思惑通りにアランの眼光《がんこう》が鋭くなった。しかし、隣にいたルリアが一時の感情に流されそうになっているアランの頭に再び拳《こぶし》を振るった。

「……必ず本気を出させてみせる！　……あで⁉」

「お馬鹿！　何熱くなってんだか……力の差も見極《みきわ》められないの？　ユーリとかいう人間は本当の化け物。私達は感情に引っ張られる余裕は一切ないの。分かった？」

「分かった。分かったから！　拳を振り上げるのは、やめてくれって」

少し怯《おび》えた顔でアランがルリアを宥《なだ》める。

「分かれば、分かればいいのよ。ふぅ……じゃ私は龍の姿に戻るよ」

（……龍だと⁉）

ルリアの台詞を聞いて、ユーリの体に緊張が走った。

と、その時――。

ルリアの力が膨張《ぼうちょう》し、その体が青い鱗へと変貌《へんぼう》を遂げていく。みるみるうちに体長が三メートルほどに大きくなり、頭部からは透《す》き通った水晶のような鋭い角《つの》が生えた。

龍に変身したルリアに斧を持ったアランがすかさず跨《また》がった。

「ヒュー‼」

ルリアは威嚇《いかく》するような鋭い鳴き声を上げ、翼を羽ばたかせて飛び上がった。

「そうか、龍騎士だったか。まさか、こんなところで戦うハメになるとはな……となると、制空権《せいくうけん》はあっち側《がわ》にあるって訳か」

ユーリは集中力を高めるため瞑目し、それからゆっくりと目を開いた。神経を研ぎ澄ましつつ、手に持った剣を何度か振って体の動きに不都合がないか確認する。

「ヒュッ！　ヒュッ！」

ホールの天井付近まで達したルリアは、何度か鳴き声を上げた後、ユーリに向けて大量の泡《あわ》を口から放出した。

「俺に目くらましの遠距離攻撃なんて通用しないぞ。視界を奪ったところでお前らは気配を消し切れていない。俺の脅威になど……」

「力を貸してくれ！【グラデット】」

ユーリはアランが聖具を解放するのを感じて息を呑んだ。彼が抱えているバトルアックス――『グラデットの斧』が薄い光を発している。

「ヒュー－ッ！　あまり斧を大きくしないでよね……バランスが取りづりゃいんりゃから。……っつ！　噛みましゅ……この姿で人語をしゃべりゅのは、むりゅかしい」

「ぷふっ」

「アラン。今、わりゃったよね？」

ルリアは怒ったのか、翼を強く羽ばたかせて背中に乗っているアランを揺らした。

「わ、悪かった！　可愛かったから、つい……」

「……っつ。もういいから、はりゃく準備を」

「うん。準備は整った……【望英】」

アランが【望英】と呟いた瞬間、『グラデットの斧』が発していた光が強くなった。それに対して、ユーリはご立腹《りっぷく》な様子である。

「また、ラブコメ始めやがって！」

ユーリは二人を睨みつけて剣を構えた。

「今のがラブコメに見えるのか！」

「俺を蚊帳の外に置きやがって……ぶった切ってやる！」

「……では、行くか。伸びろ！」

『グラデットの斧』の柄《つか》の部分が、ゴォッと空気を切る音と共に急速に伸びて、ユーリに襲いかかった。

「……！　なかなか強烈だ」

「まだまだだよ……!!」

ルリアがユーリに向かって滑空《かっくう》し、【ウォーターブレット】を口から吐いて畳《たた》みかけるように攻撃した。

ルリアの【ウォーターブレット】をユーリは剣で防ぐ。

次いでルリアに乗って迫ってきたアランが斧で攻撃する。ユーリは躱そうとするも、その斧が振り抜かれた瞬間に斧の刃の部分が大きくなり、躱すタイミングをズラされてしまう。それでも間一髪《かんいっぱつ》のところで、何とか斧を剣で受けることが出来た。

剣と斧が激突する重い金属音がホール内に鳴り響く。ただ、威力を増したアランの斧の斬撃の勢いを殺しきれずに、ユーリはホールの端にまで吹き飛ばされる。

「ぐっ……ごほごほ……面倒だな」

力で押し負けたというのに、ユーリは唇を舐《な》めると不敵な笑みを浮かべた。

それからしばらくの間、アランとルリアのコンビネーションによる猛攻《もうこう》を浴び、ユーリは防戦を余儀なくされていった。


ユーリとアランが戦い始めて、ちょうど十分が経った時だった。

激しさを増す戦闘の中で、ユーリは状況を打開する秘策《ひさく》を考えていた。

(ガンドルが言っていた剣技……最高の一振りか……これだけ広い空間なら出来るかな。あぁ確か、剣技の名前は自分で決めるんだよな。名前……名前な……そうだ。どんな暗い夜にも光をもたらす……そうしよう。名前も決まったし。一丁《いっちょう》、やってみよう)

ユーリが考えを纏めたところで、アランはルリアに跨ったまま急降下して斧を振るった。

これに対して、ユーリは後方へ飛びつつ斧を剣で受けることでその斬撃の威力を弱め、クルリとバク宙して着地した。

「じゃ……やるか」

ユーリは剣を掲げて目を閉じた。そのまま身動き一つせず集中力を高めていく。その構えは一見すると、隙《すき》だらけのようだった。

けれども、化け物じみた能力を持つユーリが相手だ。ルリアとアランは用心して遠くから様子を窺っていた。

「ありゃん」

「ルリア、すまんが俺の名前はそんな可愛い系じゃないぞ」

「う……噛みまみた……って、しょんなことより、アラン……何かやりょうとしているのかりゃ……？　なんかやばい」

「そう……だな。俺にも感じる……何かやろうとしている。魔法か……それともあの男の持つ武器によるものか？　何にせよ気をつけろよ、ユーリ・ガートリンの剣の有効距離から遠く離れたというのに、俺の本能が動くなと言っている」

「アラン……」

「分かっている」

ルリアとアランは、いつでもユーリからの攻撃を回避できるように警戒心を強めた。

対してユーリは一呼吸置くと目を開く。そして最高の一振りの名前を呟いた。

「剣技【一星】」

掲げていた剣の刀身が霞《かす》んで消えたように見えた刹那《せつな》、ユーリによって剣が真下に振り下ろされた。ただ、それだけなのに……。

――ぶぅぉんっ!!

剣が軋《きし》むような音と共に、剣の振るわれた軌道上《きどうじょう》に可視《かし》できるほどに鋭く圧縮された斬撃が形成され、凄まじい速度でまっすぐに伸びていく。

「アラン！【ウォーターシールド】」

「ああ！【シールド】」

刹那の間に迫りくる斬撃をルリアとアランは回避不可と判断して声をかけ合う。そして攻撃を受けるために防御系の魔法を展開した。

ところが、ユーリが放った斬撃は、彼らが作り上げたシールドをバターのように容易く切り裂いていく。間髪を容れず、アランが『グラデットの斧』を巨大化させて盾代わりに使用することで、からくも斬撃の軌道をホールの天井に変えて難を逃れた。

それでも斬撃の勢いは完全に殺せず、アランとルリアは吹き飛ばされてホールの壁に叩きつけられてしまう。

その一方、一刀から生まれた斬撃は弱まることはなくホールの天井に達すると、強固なダンジョンの壁を破壊して上空へと消え去っていった。

ちなみに、このダンジョンは騎士交戦の後、有事《ゆうじ》の際に住民を避難《ひなん》させるためのシェルターとして使用する予定だった。それゆえに、ダンジョンの壁は非常に頑丈《がんじょう》な鉄鋼の板を幾つも重ねて作られている。つまり、いかにユーリの放った斬撃の威力が凄まじいかが分かるだろう。

「ハハ、想像以上だ。うっ……！」

剣技【一星】の一刀に全力を注ぎ込みすぎたせいか、ユーリはバッタリと仰向《あおむ》けに倒れてしまった。剣を握っていた手は小刻みに震えている。

「しかし、もっと改良の余地《よち》がありそうだな。なんたって、この剣は重すぎる。剣自体に鋭さがないし……それに……」

自身の震える手のひらを眺めつつ、ユーリの顔には薄らと笑みが浮かんでいた。

「この剣技に魔法を組み合わせたら、もっと威力を倍増できるに違いない……うん、楽しみだ……。だが、俺の体力も……ここまで……だ……な」

ついに、そこでユーリの意識はぷっつりと途切れた。ホールの天井に開いた穴から漏れる柔《やわ》らかな光が、ダンジョンの地面に倒れたユーリの額に降り注ぐ。その顔には、戦士の休息とも言える穏やかな表情が広がっていた。

その後の騎士交戦は、最終的にクリムゾン王国が優勝を果たした。

なぜ、そのような結果に至ったのかと言うと、一つはユーリが多くのゴーレムを破壊した上、四カ国のうち二カ国の主力メンバーを打ち負かして得点を稼いだからだ。

更に、クリムゾン王国の選抜メンバーであるリムとラーナが、魔法先進国のシャンゼリゼ王国のチームと激闘《げきとう》の末に勝利を収め、最下層まで一番に辿り着いたのも大きな勝因だろう。

この戦いの詳しい話を語るのは——また、別の機会に委《ゆだ》ねるとして。

そんな中、ユーリは騎士交戦が終わっても目を覚ますことなく、高熱によってうなされたまま眠り続けていた。

第四話　裏表

騎士交戦が幕を閉じてから一週間後。

モザンク島で開催中の四カ国平和サミットも中盤《ちゅうばん》に差し掛かろうという頃、フランデンベルの街にあるリリアーヌ教会では、ポワゼル王国のパダルカ王子とテレシア・ワレンチナの婚礼《こんれい》の儀《ぎ》が執《と》り行われようとしていた。

リリアーヌ教会は、白い石を積み上げた四つの塔を左右対称に配置した建物だった。その石の細部《さいぶ》には美しい彫刻《ちょうこく》が施されている。

今、教会内の大聖堂では、神父の前にパダルカ王子が父親のポワゼル王国の国王と一緒にやって来るところであった。荘厳《そうごん》なステンドグラスからは外の陽光が射《さ》し込み、パダルカ王子の金色の髪をきらきらと輝かせている。

その後方にある扉がゆっくりと開くと、招待客達が立ち上がり、そちらのほうへ視線を向けた。

純白《じゅんぱく》のドレスを身に纏ったテレシアの姿に、リリアーヌ教会に詰めかけた招待客の誰もが息を呑んだ。

同時に、儀式《ぎしき》の始まりを告げるバイオリンと横笛《よこぶえ》の華《はな》やかな音色《ねいろ》が音楽隊によって奏《かな》でられる。会場を盛り上げる演奏が響き渡る中、父親に手を引かれてやって来る美しいテレシアを目にして、ある者は溜息を漏らし、またある者は声を失って見惚《みと》れていた。

「なんて美しい……」

「そうね」

「はぁ……あれが『聖女』様か……」

「聖女様だ」

「お父様……僕もアレくらい美しい人が欲しいな」

「馬鹿！　黙っていろ。お前には手付《てつ》きが何人もいるだろうが」

などと、結婚式の招待客の声が小さく聞こえてくる。招待客の中には、ノアやテレシアの魔法の師匠に当たるアーリー・クリス、そしてテレシアと主従契約《しゅじゅうけいやく》を結んでいるパトラの姿もあった。パトラの実体はフェンリルだが、今は人の姿を取っていた。

テレシアは淑《しと》やかな足取りで招待客の傍を横切り、神父と国王、パダルカ王子のいるところまで辿り着くと、王子の隣に立って神父と向き合う。

「では、始めましょうか」

神父はテレシアとパダルカ王子を見据《みす》えながら言った。

バイオリンや横笛で奏でられていた演奏が厳《おごそ》かな曲調《きょくちょう》に変わる。

こうして神父の進行により婚礼の儀が開始された。

神聖な空気の中、儀式はいよいよ誓《ちか》いの言葉を交わす場面に至った。

神父はまず、テレシアをまっすぐに見据えて問いかける。

「汝《なんじ》、テレシア・ワレンチナは、この男パダルカ・ファン・ポワゼルを夫として、良き時も悪い時も、富《と》める時も貧《まず》しき時も、病《や》める時も健《すこ》やかなる時も、共に生き、死が二人を別《わか》つまで、愛を誓い、夫を想《おも》い、夫のみに寄り添《そ》うことを神聖なる婚姻《こんいん》の契約のもとに、誓いますか？」

神父の問いを聞き、テレシアは意を決して口を開こうとした――。

その時だった。

突如《とつじょ》、神父の頭上に禍々《まがまが》しい黒煙《こくえん》が立ち込めると、空間が切り裂かれてソレは現れた。

――ソレは人々に恐怖を与える存在。

――ソレは人々に絶望《ぜつぼう》を与える存在。

――ソレは人々に終わりを与える存在。

「フヒフヒ……ここはどこですかねぇ？　この辺りに魔王様の心臓があると聞いていたの

ですが」

聞く者の魂《たましい》を凍《こお》らせる不気味な声が教会の大聖堂に響き渡る。現れたのは、タキシードのような服を身に纏った黒髪の男だった。だが、羊に似た角を頭部に生やし、蝙蝠《こうもり》を連想させる大きな羽を背中から伸ばした黒い肌の男が人間でないのは明らかだ。しかも、全身には地獄《じごく》の焔《ほのお》の如《ごと》き黒い煙を纏っている。

襲撃者《しゅうげきしゃ》の正体は——魔族のカルゲロであった。

カルゲロが姿を現した瞬間、その場の空気が一変した。

カルゲロの放つ邪悪《じゃあく》で禍々しい威圧感に当てられたのであろう。教会にいた大勢の招待客が泡を吹いて気を失い、バタバタと倒れていく。その脅威的な威圧感は教会の建物の壁や床を激しく軋ませ、ステンドグラスに亀裂を走らせた。

「ぎゃー嫌だ！　嫌だ!!」

「死にたくないぃぃぃ!!」

「だす……助けてぇー!!」

今回の結婚式には多くの国の王族が出席していた。そのため各国でもトップクラスの実力者達が彼らの護衛の任務に就いていたのだが、そんな指折りの使い手達の中にすら、恐怖のあまり責任を放棄《ほうき》して逃げ惑《まど》う者や、一縷《いちる》の望みに縋《すが》り跪《ひざまず》き命乞《いのちご》いをする者がいる始末であった。

唐突《とうとつ》に地獄と化した教会内で、正常な意識を保っていたのは僅かに五名のみだ。『神速の一閃』と呼ばれている騎士ルルーシュ・リールとノア、アーリー、パトラ。そして、昏倒《こんとう》したパダルカ王子を抱え、恐怖に顔を歪めているテレシアだけだった。

「うるさいですね……」

カルゲロは不満気《ふまんげ》に眉間に皺を寄せ、虫けらを見るような目で奇声《きせい》を上げて逃げ惑う護衛達を一瞥した。その瞬間、カルゲロの周囲に漂っていた黒い煙が一気に拡散《かくさん》して彼らに襲いかかる。

カルゲロが放った黒い煙は逃げ惑う護衛達の皮膚《ひふ》や衣服のみならず、護衛達の周囲にあった椅子や机など触れるものなら何でも腐食《ふしょく》させた。その様子を目の当たりにして、ノアとルルーシュは王族達の前に出て剣を構えた。

「こりゃ……ヤバいの」

「ノアの爺！　その顔は何か心当たりがあるな⁉　なんだ、あの化け物は‼」

血相を変えたルルーシュがノアを問い詰める。

「今はそんな議論をしている場合ではないだろう……【シールド】‼」

アーリーは呆れた様子でノアとルルーシュを一瞥すると、無魔法の【シールド】を唱えて透明《とうめい》な盾で黒い煙を囲い込んで拡散を防いだ。

アーリーの隣に座っていたパトラが、震える手でアーリーの服の袖を掴む。

「何……アイツ……」

「そうね。おそらく、アレが魔族なんじゃないかしら」

アーリーはパトラの震える手を優しく握り締《し》めた。

「パトラ、貴女は……この倒れている王族と貴族達を運ぶのを手伝ってちょうだい」

「けど……！　私がテレシアを守ってあげないといけないんだよ!!」

その時、アーリーは虚空《こくう》を見つめてニヤリと意味深な笑みを浮かべた。

「……ようやくお着きのようね」

「え……？」

アーリーの呟きを聞き、パトラが首を傾げる。

「大丈夫よ、もうすぐ本物の英雄が登場するから」

アーリーは何やら自信ありげに言い放つと、ルルーシュとノアに協力しながら、床に倒れた人達を魔法で助け起こしていった。


「フヒフヒ、うざったい抵抗ですね」

カルゲロは黒い煙の威力を高めるため前方に手を突き出した。すると、勢いを増した黒い煙がテレシアを襲おうと殺到する。

しかし、黒い煙はテレシアに届かない。なぜなら、テレシアの目の前に突然光り輝く杖が出現し、黒い煙を吹き飛ばしたからである。

「おや？　おやおや？　その杖は……『セフィロトの杖』ではありませんか。昔潰したはずですが、今の持ち主は貴女ですか？」

カルゲロの瞳が不気味にぎょろりと動いてテレシアを捕《と》らえた。

「……っ」

テレシアは宙に浮かぶ杖を手に取り、カルゲロに向けて構えた。

「フヒフヒ、今ここで貴女を殺して……その杖を完全に壊してしまえば魔王様への脅威が減りますかね」

「ぐ……」

嫌らしい笑みを浮かべたカルゲロがテレシアに手を伸ばした時だった。

――バンッ!!

大聖堂の入口の扉が大きな音を立てて勢いよく開いた。

扉の向こうに立っていたのは――ユーリだった。

◆

「ハハ！　いやはや、俺様が花嫁《はなよめ》を強奪《ごうだつ》しようと来てみたら……なかなか、面白いタイミングだ。まぁ……俺様が、最高に持っている男、ってことでいいかな？」

緊張感のある空気をぶち壊して、ユーリは高笑《たかわら》いしながら大聖堂に入ってきた。

いつもの気怠《けだる》そうな雰囲気と異なり、奇妙にハイテンションなユーリ。彼は今、ガートリン家のメイド達が時折噂する『裏ユーリ』という状態になっていた。

次にユーリはパチンと指を鳴らした。時空間魔法の【ショートワープ】を使用したのだろう。瞬時に彼はカルゲロとテレシアの間に割って入る。

「ハハハ。俺の愛《いと》しの女性に何をしようというのかな……？　この化け物」

圧倒的に禍々しい威圧感を放つカルゲロを前にしても、ユーリは自信満々な態度だ。

そして、腰に下げていた短剣を抜くと、挑戦的な眼差しで切っ先をカルゲロに向けた。

短剣を目にした瞬間、今まで余裕の笑みを浮かべていたカルゲロが顔色を変える。

「おやおや……それは『リアンの短剣』ですね？　いいでしょう。魔王様の害となる存在のようだ。まずは、貴方から終わらせてあげましょう……」

カルゲロはユーリに手を伸ばそうとした。アーリーが咄嗟《とっさ》に【シールド】を動かして二人の間に展開させたが、それもカルゲロが容易く壊して、ユーリに魔法を放とうとする。

ところが、カルゲロの攻撃よりもユーリの速度のほうが上回っていた。

「【オートファージ・ファースト】、【パーティゴ】発動。まぁ、すぐに戦いたいところだけど……ちょっとそこで待っていてくれよ」

ユーリの放った魔法によって大気が冷やされ、瞬く間にカルゲロは、周囲に現れた分厚《ぶあつ》い氷の壁に囲まれてしまった。

【パーティゴ】は、時空間魔法と重力魔法、更には氷魔法と無魔法の特性を掛け合わせて、相手を氷の檻《おり》に閉じ込める魔法である。ユーリはその拘束系の魔法の威力を【オートファージ・ファースト】を使用することで極限《きょくげん》まで高めていた。ただし、【オートファージ・ファースト】は使用者の命を縮《ちぢ》める作用によって身体能力を上げる諸刃《もろは》の剣でもあった。

「ふぅ……とりあえず、捕まえることは出来たみたいだな。まぁ数分で出て来ちゃうだろうけど。さて、次は邪魔な人達にご退場願おう。【ハンド】」

ユーリは周りを見回すと、無魔法の【ハンド】を唱え、倒れている王族、貴族、神父、音楽隊を一気に掴み上げてノアやアーリー達のもとに飛ばした。

それからユーリはノアに視線を投げかけて言った。

「ノア様、この教会の周辺から人々を避難させてください。誰もいない状態にして欲しい。お願いします、危ないので」

ノアは大きく頷いた。

「分かった！　ユーリも死ぬでないぞ!!」

「もちろん！　俺はこんなところで死ぬような男ではありません！」

ユーリは胸を張ってノアに返事をした。

ノアやアーリー達はユーリにこの場を託し、意識を失った人達を肩に担いで教会の外へ運び出していく。

しばらくすると、大聖堂からはユーリ達を残して人々の姿が消えた。先ほどまでの喧騒が嘘のような静寂《せいじゃく》が訪れる。

ユーリはテレシアのほうを振り返り、彼女の前に跪《ひざまず》いてその手を取った。

「……さて、人払いは済んだかな。待たせてすまなかったね。俺のお姫様。君が桜なんだろ?」

「まさか……貴方は椿なの?」

「そうだよ。俺を生み出してくれた愛おしい人よ」

「……この感じ、もしかして、裏椿?」

「ハハ、そう呼ばれるのは久しぶりだね。相変わらず俺様はカッコいいだろ? 最高に輝いているだろ?」

「あ、ほんとそうみたいね。私が使った催眠術の後遺症《こういしょう》で出来てしまった貴方が……。この世界にもついて来ちゃったんだ」

「もちろんだとも! もはや俺とアイツは裏表みたいなもんなんでね。そんなことより、桜……君はやっぱり美しいね。女神《めがみ》のようだ」

「もう、貴方は調子の良いことを……その台詞、女の子全員に言っているんでしょう?」

「ハハ、とんでもない、俺の言うことが嘘に聞こえるかい？」

ユーリはテレシアに尋ねながら自分の胸元に目をやり、何やら独り言を口にした。

「……というより、むしろすごく残念に思っているよ。こんな美女を前にして、アイツは何も手が出せないなんて……」

「え、どういうこと……？　貴方、何を言ってるの？」

テレシアの問いかけに答えるように、ユーリはニッコリと笑った。それから自分の胸をドンと一度力強く叩き、頭を下げて目を閉じた。

「俺様は他人の女に手を出す趣味《しゅみ》はない。ほら、起きているんだろ？　ユーリ・ガートリン……いや、岡崎椿！　本来なら俺様のターンなんだが、今回は特別に少し譲ってやる。好きな女を前にしてチキってるんじゃない。お前は世界を救う男になるんだろうが。グジグジしてないで出てこい!!」

数瞬《すうしゅん》の後、ユーリは目を開いた。

そして、すぐさま体を悶《もだ》えさせながら奇声を上げ始める。

「あんなん、俺じゃないいぃいぃいぃいぃ！！！！！　うわぁぁぁぁぁぁ!!　何が裏ユーリだよ。やめてくれぇぇぇ――――！！！！！　いやぁぁぁぁ！！！！　助けてぇ!!」

「ハハ……あ、相変わらずだね」

頭を抱えて激しく葛藤するユーリに、テレシアが戸惑いつつ声をかけた。

その声を耳にして我に返ったユーリがテレシアを凝視する。

「あーぁ。桜……」

「つ、椿……久しぶりだね」

「あぁ……久しぶりだ」

「……」

「えっと」

「ハハ……ごめん。改まって向き合うと何から話していいか。いっぱい伝えたいことがあったのに」

「……」

「……どうしちゃったんだろう、何も……」

テレシアは下唇を噛んで、必死に泣くのを我慢しているようだった。そのテレシアの様子を見て、ユーリは表情を曇らせる。

「桜……」

「あのーえっと」

「ふぅ、ちょっと待ってくれ」

「……何？」

「えっと……すまん。まずは俺に言わせてくれ」

ユーリはゆっくりと深呼吸して天を仰《あお》ぐと、何かを決意した瞳でテレシアを見つめた。

「桜、俺はお前にもう一度会えて、ようやく理解できた」

ユーリはテレシアの手を強く握った。

それからユーリは、テレシアの体を引き寄せて宣言した。

「やはり婚約者がどうとか、まどろっこしいことはどうでもいい。すべてを敵に回してもいい。何からもお前を守ってみせる」

ユーリはテレシアの体を抱き締めた。

もう二度と離すまいと言うように。

固く、固く――。

突然のユーリの熱い抱擁《ほうよう》を受けて、テレシアは目を見開いて驚いたが抵抗はしなかった。


「俺は桜のことが好きだ」


ユーリはテレシアの耳元で囁《ささや》くように言った。

それはシンプルな愛の言葉だった。

テレシアはきょとんとした表情を浮かべた。だが、その意味が分かるにつれて、瞳から大粒《おおつぶ》の涙を零した。次から次へと溢れ出す涙が、テレシアの頬を伝《つた》い、ドレスを濡らしていく。

「ひぐ……ひぐ……うう……ううう」

しばらくの間、テレシアはユーリの肩に顔を埋《うず》めていた。ひとしきり泣いた後、テレシアは責めるような口調でユーリの肩を叩いた。

「すん……女の子を泣かせるなんて死刑なんだから……」

「そうか、それは悪かった」

「……けど、ずっと聞きたかった言葉が聞けたから許してあげる」

テレシアはユーリの背中に腕を回して自分の思いを告げる。

「椿と一緒にいられるのなら……私もいくら虐《しいた》げられようとも、すべてを敵に回したとしてもいい。私も椿のことが好きです」

そうして二人は、お互いの顔を見ないまま抱き締め合っていた。

ユーリとテレシアの顔は真っ赤だった。

気まずい沈黙を破って、ユーリが羞恥心《しゅうちしん》を抑えつつ口を開く。

「……あ、ありがとうございます」

「ふふ。なんで敬語？」

なんともぎこちないユーリの言葉にテレシアは微笑んだ。

「ん？　いや……確かに、敬語は変だな。ハハ」

「そうだよ」

「……」

「……」

「好きだ」

「私も好き」

ユーリとテレシアは少し体を離して、改めて互いの瞳の奥を見つめ合った。

それから再び距離を縮めていく。

瞳を閉じた瞬間、二人は唇と唇が重なり合う柔らかな感触《かんしょく》を共有した。

ユーリとテレシアの口づけを、ステンドグラスから射し込んだ美しい光が包み込む。

まるで神話の一ページを切り抜いたかのように。


どのくらいの間、二人の唇は重なり合っていたのだろう。

呼吸を忘れたかのように長い口づけを交わしていた。

ユーリとテレシアが唇を離すと、ようやく止まっていた時が動き出したようだった。

「ふふ……」

「クク……」

二人は乱れた呼吸を整えながら、互いの顔を見て相好《そうごう》を崩《くず》した。

テレシアは大胆にもユーリを抱き寄せて素直な感想を伝える。

「ふふ……やっぱり。なんか、変な感じ」

「何がだよ」

「私は、ずっとこのキスを夢に見ていたの」

「それなら、俺にヘンテコな催眠術かけてんじゃねぇーよ」

「う……それは。ごめん」

「……もういいよ。俺でも同じ立場なら……そうしたかもしれないし」

「ごめんね、ありがとう。私は幸せ者だね。ただ、ほっぺたを抓《つね》ったら目が覚めて、『やっぱり夢でした』ってオチじゃないか心配だな」

「じゃ、俺が抓ってやろうか？」

「ダメ。夢オチだとしても、もう少し長く味わいたい」

「何、馬鹿なことを言ってるんだか……。それは、そうと……もうあまり時間は残されていないようだな」

とても幸せな時間だった。

だが、その時間も長くは持たないらしい。

ユーリはカルゲロを封じた【パーティゴ】が破られるのを感じ、短剣と重い剣を鞘から引き抜き、二刀流の構えで氷の檻と向き合った。

「桜、そろそろヤバそうだ」

「椿、私は今……テレシアとして生きているんだ。これからはテレシアと呼んでくれると嬉しい」

「そうか、分かった。テレシア。じゃ……俺のことはユーリと呼んでくれ。もうすぐあの化け物が氷の檻を破って出て来るはずだ。いつでも奴を迎え撃てるように魔法を唱える準備をしていてくれ……って、杖を持ってるからお前は魔法を使えると思ったんだけど……使えるんだよな？」

「もちろん、足手まといにはならないわ。ただ、得意なのは治癒魔法だけどね」

「そうか」

――その時。

【パーティゴ】によって作られた氷の檻に大きなヒビが入った。

「フヒフヒ……なかなか、面白いアトラクションでしたよ」

大聖堂にカルゲロの声が響き渡った瞬間、ヒビの隙間から黒い煙が漏れ出して氷の檻を呑み込んでいく。邪悪な黒い煙に包まれた氷の檻は、みるみるうちに浸食《しんしょく》されて跡形《あとかた》もなく姿を消した。

そして、不吉な笑みを浮かべたカルゲロが、何事もなかったように地上に降り立った。

「しかし、その短剣を持っていて、この程度の力ですか？【ブラック　ザ　レイン】」

カルゲロは、手のひらに強大な黒い魔力の塊を生み出してユーリ達に狙いを定めた。

「ハハ……あれはヤバイな。俺の【オートファージ・ファースト】の効果も、あと少しの間でなくなるというのに」

カルゲロが出現させた危険な黒い塊から身を守るため、ユーリは手を前に突き出した。

「耐えられるでしょうか？　楽しみですね」

カルゲロはユーリ達を嘲笑《あざわら》うが如《ごと》く口角《こうかく》を吊《つ》り上げ、黒い塊を上空に放った。すると、黒い塊は周囲に飛散《ひさん》して細かい雨のように二人の頭上へと降り注ぐ。

「「【シールド】」」

ユーリとテレシアは、分厚い透明な壁を二枚出現させてカルゲロの攻撃から身を守った。初めての共闘とは思えないほどの息の合いようである。

しかし、その黒い雨の効果は恐るべきものだった。美しかった教会や周囲の建物はぼろぼろに腐食していく。ユーリとテレシアが発動させた【シールド】も浸食されて崩れていくが、辛うじて持ちこたえることができた。

「おや、生きていましたか。人間とは分からないものですね」

生き残っていたユーリとテレシアを見て、カルゲロは少し感心したように背中の羽を動かすと空に飛び上がった。

「ハハ……笑えるくらいにヤバイな」

「本当に……美しい教会が消えちゃったね。残念だけど、さすがに守れなかった」

周囲の状況をユーリとテレシアは嘆《なげ》くが、カルゲロへの警戒を一切解かず対峙《たいじ》する。

段々と増幅《ぞうふく》していくカルゲロの圧倒的な力の前に二人が窮地《きゅうち》に陥っていると——。

突然、ユーリの聞き慣れた声が幾つか聞こえてきた。

「ふは……アレはヤバイね。けどお兄ちゃんにだけ、いいところを持っていかれるのは癪《しゃく》だしね。さあ、行くよ、ニール！」

「分かっている。だが、あれが世界の崩壊を招くという魔族……武者震《むしゃぶる》いが止まらない」

アンリエッタとニールの二人だった。最近、よく剣の練習をしたり、行動を共にすることが多くなり、大分仲良くなったようだ。客観的《きゃっかんてき》に見ると、明らかにニールがアンリエッタの尻に敷《し》かれているのだけれど……。

次いで、上空からは——

「ハハ！　アイツは強い！」

「そうだね。チキンのアランには過ぎる相手というやつだと思うけどね」

大斧を担いだアランが、青い龍の背に乗って現れた。

それから最後に姿を見せたのは——。

「私も後れをとる訳にはいかないのです」

「私はユーリの隣に立つんだ。置いていかれてはたまらないな」

聖具を手に持ったラーナとリムだった。

「運命は動き出したのか……師匠が言っていた『希望の子』とやらが、すべて揃ったということになるのか？」

ユーリは、カルゲロに向けた意識を途切れさせぬまま呟いた。

「これはこれは……下等生物が見事に勢揃《せいぞろ》いしたというところでしょうか？」

カルゲロは、彼らの顔を一人一人舐めるように眺めやりながら片手を掲げた。そうして新月のように口を歪めてニヤリと笑みを零すと、悍《おぞ》ましい殺気を周辺一帯に放出した。

殺気に気圧《けお》されてユーリ達が怯《ひる》んだ一瞬の隙をカルゲロは見逃さなかった。

「フヒフヒ、まずは貴方からですね」

カルゲロは表情を強張《こわば》らせたユーリの前に一瞬で移動し、手を彼の喉元《のどもと》に伸ばす。

しかし、カルゲロの手がユーリの喉元に届くことはなかった。

なぜなら、いつの間にかユーリの隣に現れた人物がそれを阻んだからだ。

「あ……師匠」

いつ、どのタイミングでその男が現れたのか。誰も気づけなかった。

それはユーリの魔法の師匠、コラソン・シュルツだった。

唖然《あぜん》とした面持ちのユーリを気に留めることなく、コラソンはカルゲロを見据えて口を開いた。

「待った。君の相手は僕だよ。カルゲロ君」

「次から次へと、何ですか？　貴方は」

「僕の顔に見覚えはないかな？」

「……貴方は……？」

「君の相手は僕のはずだよね」

「フヒフヒ……貴方の顔……どこかで見たことがありますね」

「いや、僕はカルゲロ君には会ったことはないかな。ただ、君を封印《ふういん》したのは僕のお爺ちゃんのアルブ・シュルツだよね？　僕はお爺ちゃんに似てると言われて来たから、君には分かるかと思ったんだよ」

「ええ。そうですか」

「それに君の捜し物……『魔王の心臓』は僕の懐の中だよ」

コラソンは懐から真っ赤に輝く野球ボールほどの結晶を取り出して掲げて見せた。

カルゲロは魔王の心臓を目にした瞬間、顔色を変えて笑い出す。

「フヒフヒ……わざわざ、用意していただけるとは、貴方は何を考えているのですか？　ただ……それを手に入れるには、まず貴方を殺さなければならないみたいですね」

「ふふ、そうだね、まあ、それが出来ればだけど。でもその前に、場所は変えたいな」

「待ってくれ。師匠」

コラソンとカルゲロの会話にユーリが口を挟んだ。そして、コラソンを引き留めるように彼の肩に手を置く。

けれども、コラソンは首を横に振ってユーリの手を振りほどいた。

「これは必要なことなんだよ」

「フヒフヒ。確かに必要なことですね。貴方との戦いは邪魔されたくないですね」

カルゲロは怖気を振るう笑みを頬に張り付け、天に向かって手をかざした。すると、カルゲロの真上の空間が切り裂かれ、六体の魔物が姿を現した。どの魔物も一体一体が以前にユーリの戦ったナンバーズと同等の力を秘《ひ》めているようだ。

「貴方達、周りにいる猿《さる》どもの相手をしていてくださいね」

「は！」

六体の魔物はカルゲロに頭を下げて、ユーリ達に襲いかかるべく狙いを定める。

「そろそろいいかな、【フライ】」

「フヒフヒ、そうですね」

コラソンは、重力魔法の【フライ】で空に浮かび上がりカルゲロに一瞬視線を向けると、そのまま先に空へと飛び去っていく。カルゲロは追いかけるようにすぐさま背の翼を羽ばたかせると、目にも留まらぬ速度で追いかけていった。

「師匠……俺は運命など知らん。必ず、貴方も助けてみせる」

　ユーリはコラソンとカルゲロが消えていった空を見上げて呟いた。

　カルゲロが残した六体の魔物はそれぞれ散らばって、脅威と認識された『希望の子』達のもとに飛んで行った。

　ユーリとテレシアの目の前に現れたのは、そのうちの二体の魔物だった。ユーリは二体の魔物を見据えて口を開いた。

「うむ……俺としてはすぐにでも師匠を追いたいところだけど。てか、なんで相手二人もいるの？　ほか行ったら？　すごく面倒臭い」

「私はナンバー1……ベルストーンという名をカルゲロ様よりいただきました」

　一見その金色の髪と瞳を持つ魔物は人に見えた。身に纏う甲殻類《こうかくるい》を思わせる鎧《よろい》からは、陶器《とうき》のように真っ白な四肢《しし》が伸びている。

「俺はナンバー4……ガイバルという名をいただいた。お前は俺達と戦うだけの価値があるのだろ？」

　一方、こちらの魔物は金色の髪と青色の瞳、頭部に二本の鬼に似た角を生やしていた。肌は赤く筋肉が剥《む》き出しになっており、手足には黒い防具を身に着けていた。

「さて、どうだろうな。それにしてもお前ら魔物のくせに流暢《りゅうちょう》な人間の言葉を話すんだな。勉強でもしたの？」

ユーリの質問にベルストーンが進み出て答えた。

「ふふ、そうですね。私はカルゲロ様に作られましたが、多少、媒体《ばいたい》となった人間の記憶が残っていますので。その時の名はハフトールでしたか？　まぁそんなことはどうでもいいでしょう。私はこうして神聖なものに生まれ変われたのですから」

「そうか、お前達は元人間か……じゃ『黒い魔物』の完成形ということか？」

「おや、出来損《できそこ》ないのことを知っているんですか？」

「ああ、もちろん、良く知っている。そうか、そうか、いろんなことが分かってきたぞ。つまり、『黒い魔物』はお前達のような魔物を作る前段階の失敗作。人間の命をなんだと思っているんだ……。まぁ、お前らに言っても仕方ないことなんだろうが。やる気がない、怠惰と呼ばれる俺だが、ちょっと本気になりそうだ」

　ユーリの目付きが鋭くなった。

「おや？　雰囲気が変わりましたね」

「やはり警戒が必要らしい。かなりの強者だ」

ベルストーンとガイバルは、ユーリの表情を見て獰猛《どうもう》な野獣のような笑みを浮かべた。

「……テレシア、援護を頼めるか？」

「もちろん。けど……ふふ」

「何かおかしかったか？」

「ううん。だけど、本気で怒っている椿……いや、ユーリを見るのはすごく久しぶりだったから。ちょっと嬉しくなっちゃったよ」

「く……茶化すなよ。こっちは真剣なんだ」

「らしくない。失敗しないようにね」

「いいから。援護してくれるかな、【ショートワープ】」

ユーリは恥ずかしそうにテレシアから顔を逸らして、すぐさま時空間魔法の【ショートワープ】で姿を消す。そしてベルストーンとガイバルの背後に瞬時に移動し、片手に持った重い剣を真横に構えて振り抜いた。

「剣技【一文字】」

「これはなかなかの剣筋《けんすじ》だ。しかし、鋭さが足りな……」

不意を突いたユーリの先制攻撃だったはずなんだが。その一刀をベルストーンはいつの間にか抜刀していた長剣によって受け止めた……かに見えた。しかし、ユーリの重い剣はベルストーンの体を長剣ごと吹き飛ばす。

「私としたことが……。こんなに重い剣を受けるのは初めてですね。なるほど……その剣を使いこなしますか。本当に恐ろしい……」

「厄介だな。【火爆】【プランク】」

後方に吹き飛ばされたベルストーンの代わりに、ガイバルは手足につけた武具に【火爆】の魔法効果を付与しつつ、同時に唱えた【プランク】により肉体を強化してユーリに殴《なぐ》りかかる。

ユーリはガイバルの防具に付与された魔法を警戒していた。その上でガイバルの猛攻を紙一重《かみひとえ》で躱していたのだった。ところが、強烈な踵落《かかとお》としを繰り出され、やむなく剣で受けとめた。すると、ガイバルの足の防具に付与されていた【火爆】が発動して大爆発を起こしユーリを襲った。

「ごほ……強烈だ。重い剣の丈夫さに助けられたな、普通の剣なら折れていた」

爆発の力と相《あい》まって通常の何倍にも威力を増した踵落としだった。そのインパクトは強くユーリは後方へ吹き飛ばされる。だが、何とか堪えてみせた。

その時だった。

「ユーリ！　しゃがんで！　【ウォーターカッター】」

テレシアの声を聞いてユーリは咄嗟にしゃがんだ。

その瞬間、テレシアが魔法を唱えて杖を真横に振り抜いた。

ガイバルとベルストーンに向かって圧縮された水が放出される。

ただ、テレシアが魔法を放つタイミングが早く、ユーリは危うく【ウォーターカッター】の直撃を浴びそうになる。

「あっぶねーだろ！　髪の毛かすったじゃねーか!!」

文字通り間一髪で魔法を避けたユーリが、テレシアを非難する。

【ウォーターカッター】の威力は絶大《ぜつだい》で放射線上に地面が大きくえぐられていた。

標的《ひょうてき》だったガイバルは右腕を犠牲にすることで死から逃れ、辛うじて回避できたベルストーンは致命的なダメージは免《まぬが》れたものの、肩で荒い息を吐いている。

「ユーリなら絶対に避けると思ったから」

「いや、避けきれてねーから」

ユーリはベルストーンとガイバルの反撃に備《そな》えて警戒しつつ、テレシアの前に戻り文句を並べ立てる。

「けど、援護しろって……！」

「それは確かに頼んだが、仲間の命まで巻き込む援護がどこの世界にあるんだよ⁉　さっきの圧縮した水による刃は、ダイヤモンドをカッティングできるレベルじゃねーか！」

「じゃ、私にどうしろっていうのよ！」

「敵からの攻撃で危険な場合に盾系の魔法を使ってくれるとか、俺が突入する時に攻撃範囲の小さい魔法で敵を牽制《けんせい》するとか、いろいろあるじゃん！」

「あ……そうか！　なるほどね」

テレシアは納得したように両手をポンと叩いた。

テレシアのあまりの天然っぷりに、ユーリは思わず眉間に手を当てて低く唸った。

「どなたも油断できないですね……。貴方達、本当に人間ですか？　私が持つ記憶では、人間という生物はもっと弱くて脆《もろ》いイメージだったのですが……」

ベルストーンは呆れた顔で首を傾げている。

「あぁ……俺もだ」

ガイバルは苦々しい表情で頷いた。そして、切り裂かれた右腕を左手に持ち、傷口に近づけた。すると、腕の筋肉や骨がにゅるにゅると蠢《うごめ》き出し傷口を修復《しゅうふく》させる。

「ほぉ……さすが、ナンバーズの化け物だ。驚異的《きょういてき》な自己再生能力だな」

瞬く間に繋《つな》がったガイバルの右腕を見て、ユーリが感心した声を漏らした。

「やっぱり、トドメは自己再生を妨《さまた》げる効力が付与された聖具でやる必要があるね。私の聖具……『セフィロトの杖』は、攻撃よりも治癒や除染《じょせん》、支援《しえん》に特化しているから。その役目はユーリにお願いしたいな」

「そうか、了解。あ……繰り返しになるけど、くれぐれも思いやりのある援護を頼むからな」

「それは分かったって！」

「分かってなさそうだから言ってるんだけどね……この、ど天然め！」

「わ、私は天然じゃないって……！」

「自覚がないんだろうな。天然だし……」

「可愛い女の子をからかいたい気持ちは分かるけど！　いじめすぎると死刑だからね！」

「ぷ……このやり取りも懐かしくなってくるな」

「ふふ、そうだね。目を覚まして『セフィロト』」

テレシアは、薄く輝き出した杖を二度クルクルと振ってから天に掲げた。

「【日輪】」

杖をテレシアがユーリの下半身に向けると、光の粒子《りゅうし》がそこへ纏わりついていく。

「おぉ……！　なんか足が軽く動くようになった」

「【日輪】は一時的に他者の肉体を保護したり強化したりする魔法よ。だけど、自己強化する【プランク】よりも、体の扱いが難しいと思うから気をつけてね」

「あぁ、ありがとう、テレシア。それじゃ行ってくるよ。……さあ、起きてくれ『リアン』」

ユーリが持っていた聖具の『リアンの短剣』が薄く光り出すと、彼の頭の中に短剣の声が流れ込んでくる。

『ふぁふぁ……もう少し優しく起こして欲しいのだがな』

「悪いね。だが、こいつらを速攻《そっこう》で片付けて、師匠のところに行かなくちゃいけないんだ。【オートファージ・セカンド】、【プランク】」

リアンとの会話もそこそこに、ユーリは『リアンの短剣』を構えながら魔法を唱えた。

すると、次の瞬間、ユーリの姿が霧《きり》のように掻き消えた。

先刻《せんこく》より格段《かくだん》に高められたパワーとスピードによるものだろうか。ユーリが立っていた地面に数瞬遅れてクレーターのような痕が生じた。

その刹那、ユーリは自分の思考速度が上がり脳内回路《のうないかいろ》が圧縮されていくのを感じた。

「なん……だ……と!?」

爆音《ばくおん》を上げて肉薄《にくはく》するユーリの動きにガイバルは狼狽《ろうばい》した。ガイバルは何とかしてユーリに致命傷を与えようと拳を繰り出すが、その我武者羅《がむしゃら》な攻撃は、ユーリの超絶的なスピードによって容易く躱されてしまう。焦りの色を濃《こ》くしたガイバルの拳がユーリの残像《ざんぞう》を貫いた。それで生じた隙にユーリはガイバルの懐へ入った。

「ちょっと気持ち悪いくらいに速く動けるな、【別解】」

ユーリはガイバルの胸部に短剣を突き立てて、短剣の能力の一つである【別解】を使用した。ちなみに【別解】は、指定した空間をちょっと先の未来まで飛ばすことが出来る。

ユーリの素早い動きに翻弄《ほんろう》されていたガイバルは、いつの間にか綺麗な円形の穴が胸にぽっかりと開いていたことに気づいて愕然《がくぜん》とした。

「がはっ！　……糞《くそ》が!!　【火爆】」

ガイバルは黒い液体を口から吐いて苦しげに呻いた。それから膝を突いて倒れ込む寸前、最後の抵抗と言わんばかりに腕を地面に叩きつけて大爆発を起こした。

その魔法の威力は大地を深々と割るほど強力だった。万が一、その爆発に巻き込まれていたら、いくらユーリであってもダメージを負っていただろう。しかし、ガイバルの反撃を察知したユーリは、爆発の瞬間にはすでにその場を離れており難を逃れていた。

「あぶない。あぶない……！　最後のあがきにしてはヤバかったな……」

ガイバルの命を懸けた攻撃すらも、身体能力が極限まで高められた今のユーリの前では無力だった。だが、ユーリが降り立った場所に、ベルストーンが待ち構えていたかのように現れた。

「本当に貴方はヤバい人のようです。ただ、【プランク】と【サンダーブースト】を同時に使えば、ギリギリ追いつけないこともありませんね」

そう言うや否や、ベルストーンは剣を上段から振り下ろした。

「ヤバい……【別解】」

一瞬、ユーリが魔法の抵抗を試みるより早く、ベルストーンの剣がユーリの体を真っ二つに切り裂いたかに見えた。ところが――。

「な……！」

ベルストーンは自分が討ち取ったはずの相手が幻影《げんえい》であることに気づいて驚愕した。

「簡単に説明すると、わざと追いつかせて隙を作っただけなんだけどね」

ユーリは目を見開いているベルストーンの背後に忽然と姿を現した。

「化け物がぁぁぁぁぁぁぁぁぁぁ!!」

自分が欺かれていたことに取り乱したベルストーンは、奇声を発しながらユーリに斬《き》りかかろうとした。ところが、その剣がユーリに届くことはなかった。

ユーリに攻撃を避けられた際、すでにベルストーンの胸には【別解】によって大きな穴が開けられていたからだ。剣を振り上げた体勢のままベルストーンの体は硬直し、やがて倒れる。

ユーリは持っていた武器を鞘に仕舞って一息吐いた。

「やったね」

倒れているベルストーンに目をやりつつ、テレシアがユーリの傍に駆け寄って来た。

「あぁ……疲れた。【オートファージ・セカンド】解除……ぐ……はぁはぁ……この……命を削る感覚はいつまで経っても慣れない」

【オートファージ・セカンド】を解除した瞬間、ユーリの体には耐え難《がた》い疲労感と倦怠感《けんたいかん》が襲っていた。ユーリは苦しそうに肩で荒い呼吸を繰り返し、ついには膝を地面に突いてそのまま前に倒れてしまった。額からは滝《たき》のような汗が噴き出ていて、顔は血の気《け》が引いて青い。意識を保つためか、唇の端を噛み血を流している。

「だ、大丈夫……⁉　すごい汗。まさか、何か攻撃を受けたの？」

「いや、俺が使った魔法【オートファージ】は、自分の命を削って自身を極限まで高める魔法だから」

「な……そんな！」

「この魔法はファーストから徐々にギヤを上げていくんだが、そのたびに命が削られる速度も増していく……。やべー……力を使い過ぎて気を失いそうだ」

「馬鹿！　なんでそんな魔法を！」

テレシアは叫んだ。

「お、俺には……守りたい奴が多くてな。面倒臭いが仕方なく」

「……っ！　やっぱり馬鹿だよ！　本当に馬鹿！　ちょっと、さっさとそこに寝て、せめて私が体力を全快させてあげるから！」

テレシアは、声を荒《あら》らげてユーリを突き飛ばすように仰向けに寝かせた。

「ぐえ……もう少し優しく……」

と、ユーリはテレシアに言いかけた言葉を最後まで口にすることが出来なかった。

テレシアの瞳からは大粒の涙が流れていた。

「なんで、お前が泣くんだ？　そういえば、昔は泣き虫だったよな？」

「私……私達は……【星影】」

テレシアが聖具を使ってユーリの体力を回復させていく。

「おぉ……体が楽になっていく」

「そうだね。私は泣き虫だった。そして、椿……ユーリは昔から偏屈《へんくつ》で、頑固《がんこ》で、分からずやだったよね」

「ぐ……そんなこと、ないだろう」

「そうだよ。ずっと、そうだ。……だって、私がどんなに命を削る魔法を使わないでって頼んでも、聞いてはくれないんだよね」

「……」

「だよね。分かってる。じゃ……別のお願いを聞いてくれない？」

「馬鹿、そんな顔で頼む奴がいるかよ。何だよ？」

「絶対に死なないで……そうしてくれれば、どんな怪我《けが》でも私が絶対に治してみせるから」

「ハハ、それは心強いな。よし、そろそろ大丈夫だ。俺はこれから師匠のところに行く。師匠の肩に手を置いた時にマーキングはもう済んでいるし。お前は他の奴らの援護に行ってくれ」

「あ……もう一度【日輪】を使っておくね」

　テレシアがゆっくり杖を振ると、ユーリの体全体が薄く輝き出した。力の上昇を感じたユーリは立ち上がって空を見上げた。

「ありがとう。俺は行ってくる。【ロングワープ】」

【ロングワープ】の魔法を唱えると、ユーリは光と共に姿を消した。

テレシアはユーリの背中を見送りつつ、ポツリと呟いた。

「うん。頑張《がんば》ってね、英雄さん」

第五話　コラソン・シュルツ

　どこまでも広がる澄み切った青空を背景にして、リリアーヌ教会から遠く離れた遥か上空では、コラソンとカルゲロが激しい攻防戦を繰り広げていた。

　すべてを呑み込んでしまいそうなほどの強力な魔法の撃ち合いを続けてもなお、両者は息一つ乱していない。おそらく、コラソンがこの空を戦闘の場所に選んだのは、どれほど暴《あば》れ回っても問題がないところといえば、ここくらいしかなかったからだろう。

「フヒフヒ、今まで捕らえた人間や獣人は蛆虫《うじむし》レベルでしたし、エルフ族は魔王様の呪いで葬《ほうむ》られたと思っていました。今の私の力ならば簡単に魔王様の復活《ふっかつ》が成就《じょうじゅ》すると考えていましたが……どうやら少々慢心《まんしん》していたようです。ここまで強いエルフが生き残っていようとは。【ブラックボム】」

　賞賛《しょうさん》の言葉とは裏腹に、カルゲロは冷笑《れいしょう》を滲《にじ》ませながら手を前に突き出し、黒い塊を出現させてコラソンに高速で撃ち出した。

「そうかい？　まさか、魔族に褒《ほ》められるとは、光栄だね。【ワープウォール】」

　カルゲロの攻撃に対抗してコラソンが魔法を唱えると、直径五十センチくらいの半透明《はんとうめい》な円形の壁がコラソンの目の前に現れ、その黒い塊を吸い込んだ。

更に、コラソンは円形の壁をカルゲロの真後《まうし》ろにもう一つ作り出し、その壁の中から黒い塊を出現させてカウンターとばかりにカルゲロにお見舞いする。

黒い塊はカルゲロに命中し、周囲一帯を巻き込んで膨張すると、大爆発を起こして消えたように見えた。

ところが、いつの間にかカルゲロは先ほどいた場所から上空に移動しており、何事もなかったかのような涼《すず》しい顔でコラソンを睥睨《へいげい》している。

「ほう、やりますね。しかし、私の魔法で私を殺すことなど出来ませんよ」

内心、コラソンはカルゲロの強さに舌打ちしたい気持ちだった。

(やはり強いね……だけど。僕は——)

心の中で独りごちるコラソンは、魔力の減少《げんしょう》に伴《ともな》う疲労感に奥歯を噛みしめながら、次の魔法の準備をしつつ、昔のことを思い出していた。

◆

これは僕、コラソン・シュルツが四十歳くらいで、まだ若かった頃のことだ。

「父さん。大丈夫?」

僕は十日ぶりに自室のベッドの上で目を覚ました僕の父であるイルーカ・シュルツに声をかけた。

「あぁ……ごほごほっ……て、あまり大丈夫ではないかな」

「父さんはなんで、そこまでして……。【預言】のスキルを無理に使うと寿命《じゅみょう》を削ってしまうんだろ？」

「……ハハ、そうだね……」

「それに魔王が魂を生け贄《いにえ》として必要とするにしても、母さんが作った『幻想玉《げんそうぎょく》』に人族や獣族を退避《たいひ》させればある程度は助かるんだろ？」

『幻想玉』とは、『ケイリの玉』と同様に時空間魔法で作り出した異空間に対象者を連れ込める魔導具だ。いずれも製作者は母さんで、『ケイリの玉』も本来の正式名称は『幻想玉』だったのだが、獣人の国ルクスベネディクトで国宝に指定された際、『ケイリの玉』と勝手に名付けられたのだという。

僕の問いかけに、父さんは首を横に振った。

「確かに『幻想玉』に入っていれば助かる。ただ、生存可能なのは百人未満だよ」

「だけど、父さんが人族のためにそこまでする必要なんかないじゃないか」

「そうかもしれないね。けど、僕は人族……彼らが好きなんだ。それに……」

「それに？」

「僕は約束を果たせなかった」

「……それは前にも聞いた。岡崎紡木《ツムギ》との約束なんでしょ？　そんなの無理な話だったんでしょ？」

「あぁ……無理だった。研究の過程で世界間の時間の流れが大きく異なる事実が判明したからね。もし、送り出したとしても望む時間に戻してやれる可能性はかなり低かった」

「じゃ……」

「けど、彼は命を賭《と》して、この世界を一度救ってくれたんだ。その意志を無駄《むだ》にしたくない。それに【預言】で知ったんだ。本当はあってはならないことだが、彼の子供がこの世界を救うためにやって来る。何よりも……その子供を守ってやりたい。その子供にだけ世界を救う重圧を背負わせたくない」

「……」

あの時、僕は父さんの意志を理解しきれていなかった。

父さんが亡《な》くなる前に、僕の手を握りながら「コラソン、あとは頼んだよ。僕は終わりのようだ」と言い残しても、やはり僕は父さんが命を削りながら、何の関係もない人族のために行動していたことの意味が分からなかった。

僕は父さんの指示通りに研究を進めながら人族を観察していた。そうすれば、少しでも父さんの気持ちに寄り添えるのではないかと期待したからだ。

でも、現実はそう簡単ではなかった。なんせ、人族は本当に……。

馬鹿で——！

矮小《わいしょう》で——！

——醜《みにく》い生き物だったからだ。それこそ魔王が手を下《くだ》すまでもなく、同じ人族同士で無駄な殺し合いを毎日のように続けている愚《おろ》かな連中だった。

僕はそんな人族の営《いとな》みを見ることに辟易《へきえき》して、自分の屋敷に籠《こも》るようになっていた。

それから長い年月が流れたある日のことだ。

僕は家の外が騒がしいことに気づき、本から顔を上げた。

森の動物とゴーレムが喧嘩でも始めたのかな？　僕は最初、その程度にしか考えていなかったので、再び読みかけの本に視線を落とした。けれども、実際はそうではなく、一時間くらいすると僕の部屋の扉をノックする音が響いた。

アレ？　誰か来たけど……あ！　そうか!!　すっかり忘れていた。『希望の子』……父さんが何としても守りたいと話していた、岡崎紡木の子供の記憶を持つ少年が訪れる時期になったのか。僕は、父さんの【預言】が記された本に目を移して納得する。

「はっ……はいはい」

僕が返事をすると、静かに扉が開いた。

扉の向こう側には怯えた表情の少年が立っていた。見ず知らずの場所へ一人で来たため、警戒しているのだろう。だが、それよりも僕は、少年の死んだように暗い目の色が気にかかった。正直に言って、本当に彼がこの世界を救う使命を背負った少年なのだろうか？という印象だった。

とはいえ、少年の導き手となるべき僕自身が、そんな疑いを胸に抱いていると知られる訳にはいかない。僕は『平常心』という言葉を心の中で三回唱えて、出来る限り明るく言葉を投げかけた。

「ようこそ、我が屋敷へ。私はコラソン・シュルツ。君の名前を教えてくれるかな？」

僕の挨拶を受けて少年は随分と面食《めんく》らっているようだった。

元気が良すぎた？　緊張しすぎて、一人称が私になってしまったけど……今はどうでもいいか。確か父さんの【預言】によると、この少年はユーリ・ガートリンという名前だったよね？

「……俺はユーリ・ガートリンです。えっと……」

うん、父さんの【預言】と同じ名前の少年だね。よかった。どうやら【預言】は間違っていなかった。

こうして父さんの意志に従って、週に一度、ユーリ君に魔法の修業を施す日々が始まった。正直、人にものを教えるのはあまりしてこなかったので緊張していたし、何よりちゃんと教えられるか不安だった。出来たら妹のエリンに代わって欲しかった。もちろん、エリンはエリンで父さんの【預言】をもとに動いているため、無理なのは分かっていたのだけれど……。

まぁ……でも、そんな僕の懸念《けねん》は杞憂《きゆう》に終わった。

それは父さんや僕の予想より、ユーリ君の魔法の習得スピードが速かったからだ。ただ、優秀《ゆうしゅう》すぎるのがつまらなかったので、初めの頃より一段階難しめの課題を出してあげたこともあったね。そうしたら、案の定《じょう》出来ないでいたっけ……。

それでも彼は、口では『面倒臭い』とか『無理』、『出来ない』、『不可能だ』などとボヤく割に、課題を投げ出すことは決してなかった。どうも根は真面目《まじめ》で負けず嫌いらしい。

ユーリ君が修業に来るようになり、一カ月が経つ頃には少し打ち解けてきて、何気《なにげ》ない世間話を交わす機会も増えた。

例えば、ローラというメイドが最近厳《きび》しくて毎朝叩き起こされることや、ディランという兵士から加齢臭《かれいしゅう》とかいう臭いがするようになったこと。あるいは、リムという男の子だと思っていた友達が、ある日可愛い服を着て現れた。その時、『なぜ女性の服を着ているのか？』と尋ねたら、強烈なビンタを食らって、実は女の子だったと知ったことなど。

世間話と言っても、僕がユーリ君の話を一方的に聞くだけなんだけどね。僕は内心、それが楽しかった。それで、ユーリ君の人柄を詳しく知るようになり、彼は僕が観察してきた人族とは少し違うのではないかと思い直した。

それだけ、ユーリ君と過ごす時間は楽しかった。まぁ、僕がそれまで人族の表面的な部分しか見てこなかったからだろうけど。

本当に、僕はユーリ君に出会えてよかった。だって、父さんの意志に疑問を抱くことがなくなった。僕は、父さんの意志を継ぎたいと本気で思えるようになっていた……。

◆

コラソンとカルゲロの戦いが始まって三十分が過ぎた頃。

「フヒフヒ……ここまでですかね」

カルゲロがコラソンの髪を持って体ごと持ち上げる。

コラソンは満身創痍《まんしんそうい》であった。体中から血が噴き出し、左腕を失っていた。息はまだあるようだが、生きているのが不思議なくらいの状態である。

その一方、カルゲロも片腕を失い、全身にダメージを負っていたものの、傷口の細胞が不気味な蠕動《ぜんどう》を繰り返し、再生しようとしているのが見てとれた。

――その時だった。

カルゲロがコラソンに止《とど》めの一撃を加えようとした瞬間、コラソンの背後にユーリが現れた。

「師匠……？」

惨《むご》たらしく傷ついたコラソンを見て、ユーリがポツリと呟いた。

リリアーヌ教会で二体の魔物との戦いを終えて駆け付けたユーリであったが、師匠であるコラソンをカルゲロから救うことが出来なかった。ユーリはその残酷《ざんこく》な事実を受け入れられぬまま、呆然《ぼうぜん》と立ち尽くしてしまう。

「ユーリ君……君に会えて本当によかったよ……ごほっ‼」

コラソンは空を見上げながら微笑みを浮かべ、かすれた声で言った。

「フヒフヒ、遺言《ゆいごん》は残せましたか？　では、魔王様の心臓は返してもらいますよ。そうだ、コラソン……貴方はなかなかでした。私に取り込まれなさい」

そう言うや否や、カルゲロはあんぐりと大口を開けて、瞬く間にコラソンを呑み込んでしまった。

「ま、待て‼」

我に返ったユーリはカルゲロの卑劣《ひれつ》な行為を阻止《そし》するため、時空間魔法の【ショートワープ】を唱えると、その背後に移動して剣を振り抜いた。

しかし、カルゲロは瞬時に飛び上がってユーリの剣をひらりと躱してしまう。

「フヒ……フヒ……なんと、なんと素晴らしい魔力です！　素晴らしい‼　素晴らしい!!」

カルゲロは瞳をカッと光らせて大きく翼を開いた。コラソンの肉体を取り込んで魔力を吸収したためだろう。激しい戦闘によって負ったカルゲロの傷はすべて治っていた。

「フヒフヒフヒ……これだけの力が蓄《たくわ》えられれば、私は魔王様の媒介《ばいかい》になれる。早いに越したことはないですね。ここで魔王様に復活してもらいましょう。何より、魔王様直々に『リアンの短剣』を持つ者に、完全なる絶望をプレゼントしていただくのも一興《いっきょう》かもしれません」

カルゲロはコラソンから奪った『魔王の心臓』を呑み込んだ。

刹那、カルゲロの全身から禍々しい殺気にも似た邪悪なオーラが湧き上がった。常人であれば、そのオーラを浴びただけで体が朽《く》ち果ててしまうだろう。

「アガガガガガガガガガガガガガガガガガガガガガガガガガガガガガガ!!!!!」

人知《じんち》を超えた、絶対的で隔絶《かくぜつ》した力が大気を暗黒《あんこく》に染《そ》め上げる中、カルゲロは奇声を上げた。

やがて、カルゲロの全身から黒い煙が噴出《ふんしゅつ》し、その体を繭《まゆ》のように包んでいく。

ユーリはゴクリと生唾《なまつば》を呑み込んだ。

時空を超越《ちょうえつ》した圧倒的な存在の出現を前にして、ユーリの手にした剣はカタカタと震え、その額からは一筋《ひとすじ》の汗が流れて頬を伝い落ちていく。

ユーリは「【ファイア】……」と、魔法を唱えかけてやめる。

今どんな魔法を放っても、無意味なものにしかならないのが分かったからだ。『リアンの短剣』による【別解】を使うにしても範囲が狭いため、繭に入られてしまった時点で効くのかも不明だ。【別解】は魔力の消費量も多く、ここでの無駄打ちは避けたい。よってユーリは圧倒的な存在を前に、コラソンの死を悲しむ余裕もなく状況を見守っているしかなかった。

邪悪な黒い煙が飛散するまでには一分とかからなかった。

そして、先ほどまでカルゲロがいた場所には、まったく別の『何か』が誕生した。

「ヒヒヒ……カルゲロ、よくやってくれました」

その『何か』は周囲を見回して口を開いた。

声は女性のものになり、すっかり面変《おもが》わりしていた。

黒かった髪は赤く染まって、コウモリみたいな翼は黒い鳥の翼へと変化し、瞳は紅玉《こうぎょく》のような光を湛《たた》えている。容姿《ようし》は誰もが見とれてしまう美しい女性の顔立ちそのものだった。だが、異様《いよう》なのは頭に生えた山羊《やぎ》に似た太い二本の角と、頭上に浮遊《ふゆう》する黒色の輪《わ》。その姿を例えるなら、黒い天使と言ったところである。

カルゲロであった『何か』は、うっとりと自分に酔い痴《し》れるような表情を浮かべながら

天空に腕を掲げた。

「あぁ……やっと神を殺すことが出来る」

「……っ！」

桁外《けたはず》れの恐怖のためか、ユーリはいつの間にか唇を固く噛み締めていた。しかし、ここで挫《くじ》けている場合ではなかった。世界の命運は自分の肩に重く圧《の》し掛かっている。何より犠牲となったコラソン師匠や多くの人達のためにも、絶対に負ける訳にはいかなかった。

「はぁあああああああああああああああああああああああああ!!」

鬼気迫《ききせま》るユーリの姿は、普段のユーリを知る者であれば、まったく彼らしくないと感じたであろう。だが、そこまで自分を奮《ふる》い立たせなければ、ユーリは目の前に存在する『何か』に圧倒されてしまいそうだった。

追い詰められたユーリは、瞬時に勝負を決めるために複数の魔法を発動した。もはや、それは自己のキャパシティを上回る魔法の連続であった。

「【オートファージ・サード】、【プランク】、【ムーンウォーク】、【シールド】発動！」

魔力量を度外視《どがいし》した魔法の使用により、ユーリの移動速度は常人が肉眼で捉えられるレベルを超えた。上空に浮遊するために用《もち》いていた重力魔法の【フライ】の代わりに、無魔法の【シールド】を足場にしていた。

しかし、『何か』は動揺すらせずに、悠然《ゆうぜん》とユーリの動きを一瞥した。

「ヒヒヒ……懐かしいですね。その短剣……『リアンの短剣』と言いましたか。自己紹介がまだなのに、せっかちな子供ですね。私は魔王、アルカ・ファア・ルーシー……君も名乗りなさい、【止まれ】」

魔王──アルカが一言【止まれ】と言っただけなのに、その効果は絶大だった。

幾つもの魔法を重ね掛けしたにもかかわらず、ユーリの速度はみるみるうちにスローモーションのように遅くなり、終《しま》いには強制的に立ち止まらせられてしまう。

「うぐ……！　なんだこれは……!!【ショートワープ】」

「君の名は？」

ユーリは時空間魔法の【ショートワープ】を使用するが、発動しなかった。実際に転移することが出来ずにその場から移動できていない。

激しい動揺のため、ユーリにはアルカの質問に答える余裕がなかった。

「な……魔法が発動しないだと……ぐ、あああああああああ！！！」

自分の身に降りかかった状況に対する理解が追い付かず、ユーリは堪らずパニックに陥った。どんなに力を込めても身動き一つ出来ず、魔法も使えない。何がどうなっているのか分からなかった。

「君程度では無理ですよ」

「ぐう……」

「もう一度、問いますよ。君の名は？」

「ぐ……ユーリ・ガートリンだ！」

「そうですか。そうですか。ヒヒヒ」

「くそがぁあああああああ!!　目を覚ませ『リアン』！！！！！」

ユーリが叫ぶと、手に持っていた短剣が薄く輝き出す。そして、ユーリの頭の中に直接リアンの声が響いた。

『……危険なようだな』

「あぁ……だから力を貸してくれ、【誤解】」

ユーリは『リアンの短剣』の力の一つ【誤解】を使用して少し過去へ遡《さかのぼ》った。そうすることでアルカが放った何らかの魔法を無理矢理解くと、再びものすごい速度で移動しながら必勝の策を練る。

「リアン。何か、勝つ方法はないか？」

ユーリはリアンに単刀直入《たんとうちょくにゅう》な問いを投げかけた。

『難しいな。本当にエルフの預言者は、今のお前に勝機《しょうき》があると言ったのか？』

「……分からない。運命だとしか」

『ユーリ……お前の【オートファージ】は、あと何分もつ？　寿命が尽きかけてるんじゃないのか？』

「もって三分と言ったところか……いや、アレを使えば多少は延《の》びるか」

『く……その状況で一番勝率があるのは最後の……いや、相手の懐に飛び込んで【別解】の大出力で切り裂くしかない。すまない。このくらいの解《かい》しか出せん』

「そうか。ありがとう」

ユーリは決意を固め、大きく深呼吸をすると、右手に持った『リアンの短剣』に視線を送った。

「ヒヒヒ……何を話しているんですか？」

「【プランク】……っ！」

ユーリは更に無魔法の【プランク】を自身に二度掛けした。すると、ユーリの速度は格段に上昇したが、凄まじい負荷《ふか》のために血管が切れて肉体が悲鳴を上げた。

「おや、やる気になりましたか？　無駄ですが、精々《せいぜい》足掻《あが》いてみてください。【剣よ】」

アルカが言葉を発すると、その手のひらから黒い液体がコポコポと溢れ出てきて、二メートルほどの黒い大剣へ形状を変えていく。

体の至るところから血を噴き出しつつ、ユーリは『リアンの短剣』を口に咥《くわ》えたまま飛び上がる。そして片手持ちだった重い剣を両手で握り直し、アルカに向けて振り下ろした。

「【山割り】」

強烈な破壊力を秘めたユーリの一撃がアルカに命中したかに見えた。剣技の名の通り、ユーリの剣は鋭く重かった。対象が山であれば、実際に割ることが出来たであろう。

しかし、アルカにはそのユーリの必殺剣は通用しなかった。ユーリの剣を、アルカは黒い大剣で軽々と受け止めたのだ。

「ほお……なかなか重いですね」

アルカは大人が子供の成長に感心するかのような感想を漏らすと、黒い大剣でユーリの重い剣を容易に押し返し、その体ごと弾き飛ばす。

「ちっ！　はぁあああああああ！」

「ヒヒヒ……これは少し面白い」

猛烈《もうれつ》な剣の打ち合いが始まった。二本の刀身が重なり合うたび、鋭い金属音が鳴る。ユーリはどうにかしてアルカに致命的《ちめいてき》な一太刀を浴びせようと全身全霊《ぜんしんぜんれい》を傾けて剣を振るう。

だが、ユーリが繰り出す一撃一撃をアルカは苦《く》もなく的確《てきかく》に受け流した。戦況は、明らかにアルカが優勢《ゆうせい》でユーリが劣勢《れっせい》だった。時折、思い出したように振るわれるアルカの反撃を、ユーリは間一髪で回避するのが精一杯《せいいっぱい》な様子である。それはまるで、子供がおもちゃで遊んでいるかのようであった。

「……くっ」

（アルカの懐に入れねぇ。あと一分しかもたねぇってのに。……このままじゃあ、俺の寿命が切れちまう。……仕方ない、アレを使うしか……）

ユーリはアルカから距離を取ると、ポケットからある物を取り出した。それは以前ユーリが薬師のリサと共同で作った『長命薬』であった。実際に調合に成功した二錠《にじょう》を、ユーリはリサから預かっていたのである。

そのうちの一粒をユーリは口の中に放り込んだ。長命薬を飲むと約五十年寿命が延びると言われている。けれども、ユーリには後が残されていなかった。なぜなら、長命薬は二錠以上飲むと効果が逆転《ぎゃくてん》し猛毒《もうどく》となるからだ。

「苦《にが》！　これで最後だ！　【ムーンウォーク】解除。そして、【プランク】」

ユーリはアルカに付け入る隙を与えないように、【ムーンウォーク】を解除して、無魔法の【プランク】を三度掛けした。

その瞬間、凝縮された時間の流れの中で、ユーリはアルカの視界から消えた。

これまでの限界を更に超えたスピードとパワーでもって、ユーリの重い剣はアルカの黒い大剣を弾き飛ばし、アルカの懐に飛び込む。間髪を容れずにユーリは重い剣を手放すと、『リアンの短剣』を両手で持ってアルカの胸に突き立てた。

「……くらえ。最後だ。【別解】」

ユーリの腕と太ももは、度重《たびかさ》なる魔法の発動による負担《ふたん》で青く腫《は》れ上がっていた。その痛みを堪えつつユーリが【別解】と呟くと、アルカの胸に大きな穴が開いた。

そのアルカの胸に開けられた穴を見た時、ユーリは内心で勝ったと深く安堵した。

しかし……。

しかし、アルカは胸の空洞《くうどう》からボトボトと零れる黒い液体を気にも留めずに、ユーリの首根っこを掴んで持ち上げた。

「うぐ……」

「ヒヒヒ、面白い魔法の使い方ですね」

ユーリは目の前の化け物の生命力に愕然《がくぜん》とした。聖具によって与えたダメージは致命傷のはずである。何食《なにく》わぬ顔のアルカを目前にして、ユーリは思わず問いかけずにいられなかった。

「ぐ……まさか、効いていない？」

「確かに、その聖具というものは、かつて私にとって脅威でした。億万《おくまん》の知識を有している私ですら知らぬ存在でしたよ」

「……」

「ヒヒヒ……ただ、今は知っているんです。前にその技は受けたんでね」

「だからって……」

アルカは恐怖に頬を引き攣《つ》らせたユーリに顔を近づけて笑った。

「知りさえすれば、私の保有スキルである【全知】によって、どういう理屈なのか理解できてしまうんですよ。だから、対策はいくらでも立てられます」

「な……んだよ」

「だから、無駄だと言ったでしょうに」

万策尽《ばんさくつ》きてユーリの表情が絶望に染まった。戦意を喪失したユーリは、力やスピードを底上げしていた魔法もすべて解除してしまう。

「ヒヒヒヒヒヒヒヒヒヒ……いいですね。いいですね。その絶望した表情。私の大好物なんですよ」

獰猛な爬虫類《はちゅうるい》が獲物を前に舌なめずりするかのように、アルカは死人みたいに蒼白な顔色をしたユーリをジッと見つめると、邪悪な笑みを浮かべて笑い出した。

「く……う……すまん。約束は守れそうにない。テレシア、リム、ラーナ、ニール、ローラ、ディラン、アン……それにノア様にコラソン師匠」

「ヒヒヒ……別れの言葉は済みましたか？　いい絶望の表情でしたよ。でも、もう遊べないみたいですし。いただきますね。あーあ」

アルカがユーリを呑み込もうと大口を開けた。

しかし、絶望感に心を支配されたユーリはピクリとも動かない。

『逃げろ！　逃げてくれ、頼む！』

ユーリの頭の中にリアンの声がけたたましく響いた。

時空間魔法を使えば、もしかすると逃げられたかもしれない。

にもかかわらず、ユーリは動けなかった。

──だが。

「う……ああああああああああああああああああああああ！！！！！！」

ユーリがアルカに食べられることはなかった。

突然、アルカが頭を押さえて狂ったように叫び出し、黒い大剣とユーリを乱暴に手放して飛び上がったからである。

ユーリはなんとか気力を取り戻すと、重力魔法の【フライ】を唱えて地面への落下を食い止めた。

「……うぐ」

しかし、上空に踏み止《とど》まったユーリの頭を強烈な激痛《げきつう》が襲った。内臓も負傷《ふしょう》したに違いない。咳をすると血が零れた。重力魔法の【フライ】が不安定になり全身がグラつく。大量の魔力を一挙《いっきょ》に消費した反動だろう。【オートファージ】を長時間使っていたのだから当然かもしれない。

「ガハ……何が起こっているんだ……？」

ユーリが痛みを堪えて上半身を起こすと、視界の中に身を捩《よじ》らせて苦しみの声を上げるアルカの姿が入ってきた。

『馬鹿たれが！！！！！』

ユーリの疑問に大音量のリアンの叱咤《しった》が返ってくる。

「……」

『何生きることを諦めとるんだ!!』

「うぐ、悪かった……」

『ちょっとでも生きる希望があるのなら、最後まで生を諦めるんじゃない!!』

「それで……次はどうする？」

『……逃げろ』

「……は!?」

『何が起こっているか分からないが、今しかない』

「ハハ……逃げ場なんてあるのか？」

『ある。妖精の国に向かえ、そこに『幻想玉』があるはずだ。『幻想玉』は別の時空間に逃げ込むための魔導具。他の『希望の子』を連れて、そこに逃げ込むんだ』

「諦めてんのはどっちだよ。アイツは俺達を見逃すほど甘くねえだろ？」

『もう、手が残されていないことは分かっているはずだ』

「……そうかもな、アルカの……魔王の復活は全世界に伝わっているだろう……つまり、世界の崩壊が近いことも。それだけ圧倒的な力だ」

『であろうな。今、人族や獣族はパニックを起こしているに違いない』

「そうだな。……二十六年後だと聞いていた世界の崩壊……俺が……俺達がどこかで選択を誤《あやま》っていたんだろう。それなら俺は僅かでも時間を稼ぐ。人々がそれぞれ大切な人との時間を過ごせるように」

『馬鹿‼　何を言っている‼』

「結局は遅いか早いかの違いだろう？　俺は大切な奴らには自分の言葉は残している」

ユーリが覚悟《かくご》を決めようとした時、アルカの呻き声が止まった。

「あああ……」

アルカはガクンと首を垂らして沈黙した。

「……っ」

ユーリは猛烈な疲労感を引きずりつつも状況を見極めるため、警戒心を高めながら短剣を構えた。

俯いたままの体勢でアルカが口を開く。

「ハハ……やあ」

その声を聞いて、ユーリは耳を疑った。

「へ……？」

ユーリは驚きのあまり素っ頓狂な声を上げた。

「ユーリ君。よく耐えてくれたね」

それは、ユーリが聞き慣れた声だった。

「……コラソン師匠……？」

アルカの口から発せられるコラソンの声色に、ユーリは呆気に取られていた。

「あぁ、そうだとも」

「……な……なんで？　なんで⁉　まさか魔王アルカを乗っ取ったんですか？」

「勘《かん》がいいね。僕は、以前君に指摘された通り……【呪】の魔法がすごく得意なんだ。【呪】とは魔力に思いや考えを乗せて任意のモノを呪う無魔法なんだけど。僕はこの魔法の研究を長年やっていたから……」

「なるほど。では……」

安堵のためか少し表情が柔らかくなったユーリの言葉を遮って、コラソンが口を挟んだ。

「待ってくれ。今は僕の話を聞いてくれるかい？　君の使っている【フェイクハート】は相手を呪う魔法で、【オートファージ】は自分を呪う魔法なんだよね？　実に強力な魔法だ。よく考え付いたと思うよ。魔法に数年しか触れていないのに【呪】の魔法に辿り着けるとは本当に驚いた。けどね……【呪】の魔法が一番効力を発揮するのは、自分と相手の双方《そうほう》を呪った場合なんだ」

「師匠？　……何を言って」

「うぐ……」

「し、師匠⁉」

さっきまでの穏やかな口調から一変し、いきなりコラソンが頭を抱えて苦しみ出した。

慌ててユーリが手を差し伸べて助け起こそうと近づいたが、コラソンは空《あ》いた手でそれを制した。

「……大丈夫。僕は今、魔王と自身を呪いで縛っている。魔王は弱体化《じゃくたいか》を……。そして、僕はちょっとばかし寿命をね」

「……何年ですか？」

「えっと、百年くらいになるんじゃないかな」

「何馬鹿なことしてんですか‼」

「ハハ、その言葉はバットでそのまま君に打ち返すよ」

「……ぐ、それはそうですが」

「仕方なかったんだ。本当は『魔王の心臓』を魔王が復活する前に破壊できれば、こんな面倒は避けられたんだけどね。でも、それは出来なかった。一度魔族に魔王の心臓を取り込ませて魔王を復活させてから、弱体化させた上で魔王を倒すしか手がなかったんだ」

「……まさか」

ユーリは、コラソンの言葉が意味する重大な事実を理解して激しく動揺した。

「そう。だから、今しかないんだ。前にお願いしたよね。僕を殺してくれ。……魔王……アルカ・ファア・ルーシーを、僕ごと再起不可能なくらいに殺してくれ。今なら君の『リアンの短剣』の力も効くはずだ」

「そんな！　そんなこと出来る訳ないじゃないですか!!　師匠が今取り込まれているとしても、助ける方法だってあるかも知れないのに!?」

「そんな方法、ある訳ないじゃないか！」

「そんなの、探してみなければ、分からな……」

「分かるよ。今の僕はアルカと完全に一体化してしまっているからね。アルカが……魔王がどれほど恐ろしい存在か理解できてしまった。今じゃないと君はアルカを倒せないだろ？」

「けど……っ！」

「何を悩む必要があるんだ!?」

「そんな……命を選ぶことなんて出来ない!!」

「ハハ、自分の命は雑に扱うくせになぁ……君は間違っているよ。僕は長命と言われるエルフ族なのだけど寿命のほとんどをこの魔法に捧《ささ》げてしまっているんだ。つまり、多くの大切な人の命と残り少ない寿命の僕の命が等しいなんてあり得ない。仮に僕を助けたとしても、アルカを倒す方法はないまま、結局、僕達は殺されるんだよ？　そんなの比べるまでもないだろ？」

「……」

コラソンの主張に反論できず、ユーリは押し黙る。

その時、ユーリの頭の中にリアンの懇願《こんがん》するような声が聞こえてきた。

『ユーリ……すまない。口を挟ませてもらう。これが預言者の子らの選択なのだとしたら、彼らの意志に反することになる。そして、誰も望まない未来しか待っていない。私は全世界の人々の命なんかどうでもいい。君に……君には生きて欲しいんだ。……頼む。私を使ってくれ』

ユーリの瞳から涙が流れ落ちた。『リアンの短剣』の剣先をアルカの胸に向けたまま、腕が小刻みに震えて次の行動に移れない。

「ぐう……何をしている！　アルカを止《とど》めて置くのにも限界があるんだ……！」

必死に叫ぶコラソンの声を耳にしても、ユーリは唇を噛み締めることしか出来なかった。

「……やっぱり、出来ない！」

「早くしてくれ！　うぐ……でないと手遅れに……!!　あぁ…………！！！」

コラソンの口から悲鳴じみた声が漏れると、二度と耳にしたくない悍ましい声が辺りに響き渡った。

「……ヒヒヒ、もう遅いですよ」

それは魔王――アルカの声だった。

コラソンの意識を乗っ取って、アルカが気味の悪い声でケタケタと笑い出した。

抑えられていた禍々しい殺気が再び周囲に充満《じゅうまん》していく。

それからアルカは躊躇《ためら》いもなくユーリの頭を掴み上げた。

「ぐ……」

「猿の分際で私を殺そうなんて生意気《なまいき》ですね。私、怒りました。貴方は特別にいたぶって殺してあげましょう」

アルカはユーリを地上へ投げ飛ばした。ユーリは隕石《いんせき》のように凄まじいスピードで一直線に落下していく。

「ぐぁぁぁぁぁぁぁぁぁぁぁぁぁぁぁぁぁぁぁぁぁぁぁぁぁぁぁ!!」

投げ飛ばされたユーリが地表に叩きつけられると辺りに轟音が響き、広い草原だった場所には巨大なクレーターが形成された。

「……う……あぁ」

辛うじて命を取り留めていたユーリは砂埃《すなぼこり》が舞い上がる中でのたうった。

（……他の魔法を使う余裕なんてなかった。最後の魔力をつぎ込んで、落下直前に【フライ】の出力を最大値まで上げていなければ……確実に死んでいた）

気力を振り絞って立ち上がろうとしているユーリの目の前に、忽然《こつぜん》と現れたアルカはどこか嬉しそうな声で言った。

「ヒヒヒ、やはり生きていましたか」

——それから。

アルカによるユーリへの一方的な暴虐《ぼうぎゃく》が始まった——。

第六話　本物の英雄

血も涙もない、まさしく鬼畜《きちく》の所業《しょぎょう》だった。

ユーリは魔力を使い果たし、抵抗する意志すらも失っていた。

アルカはその相手を嬲《なぶ》り殺す勢いで血祭《ちまつ》りに上げていく。

ほんの数分の間に、ユーリの体はボロボロになっていた。

「ぐ……」

（もうダメだ……。【オートファージ】をサードまで使ってしまった。もう魔力も残っていない。ああ全身が痛ぇ……。体の骨が何本も折られちまった、指一本動かせない）

アルカはユーリの髪を鷲掴《わしづか》みにして体を持ち上げた。

「終《しま》いですね……【剣よ】」

アルカの左手に黒い大剣が出現した。

冷酷《れいこく》な笑みを浮かべたアルカは、その剣を掲げてユーリに振り下ろした。

その瞬間だった――。

眩《まばゆ》い赤い光がユーリの身に付けていた『足枷の指輪』から溢れ出した。更に、その赤い光に共鳴するように『リアンの短剣』が燦然《さんぜん》と輝き出す。

――そして。

「【パーフェクトワールド】」

声が聞こえた。それはこの場にいる誰の声でもなかった。

ユーリの声でも、アルカの声でもない。

遠い記憶の底に沈《しず》んでいた、ひどく懐かしく、忘れられない男の声――。

朦朧とした意識の中で、ユーリはその記憶を呼び起こそうと手を伸ばす。

だが、それよりも早く何らかの魔法が発動し――ユーリの意識は真っ白い空間へ飛んだ。

そこは見渡す限り何もない、真っ白な空間だった。

アルカとの死闘を演じていたはずのユーリは、いつの間にかその空間に立ち尽くしていた。

(声が聞こえた？　それに、なぜ？　何の魔法だ？　時空間魔法？　いや、そもそもここはどこだ？　アルカに受けた傷は？)

ユーリが自問自答をしていると、その場にリアンが姿を現した。

「ハハ、やってくれたな」

「そりゃ……俺がバックアップもなしに、魔王なんてべらぼうに強い敵に挑みやしないさ。

久しぶりだな……リアン」

ユーリの後ろから別の声がした。

咄嗟に振り返ったユーリの背後には、四十代後半くらいの男が佇んでいた。黒髪に茶色の瞳、身長は百八十センチほどだろうか。がっしりとした筋肉質の体には銀色の甲冑《かっちゅう》を纏っており、腰には長剣と『リアンの短剣』に似た武器を佩《は》いている。その顔は、どこか日本人を思わせた。

リアンは少し涙ぐみながらも、その男との再会を喜ぶように笑みを浮かべた。

「そうか、そうだったな。お前は抜け目のない奴だった」

「まぁ……俺の細工に気づいていた奴がいたようだがな」

「ホワイトの小娘の仕業《しわざ》だな。なるほど、指輪はそのためだったのか。さすがは、聖具や『幻想玉』を作ったエルフきっての名工《めいこう》の一族、と言ったところか」

「そうだな。ちょっと賭けだったがな」

「何にせよ。何にせよだ。ツムギ……また会えてよかった」

「あぁそうだな。俺も嬉しい」

「それで――」

リアンは言葉を切ってユーリの顔を見た。

それに続いてツムギと呼ばれた男もユーリのほうに視線を向けた。

「分かっている」

（ツ……ムギ？　俺の前世の父親？　まさか、いや………でも家に飾ってあった写真や残っていたビデオカメラの映像に映っていた……同じ顔だ）

ユーリは困惑した様子で黙っている。

「では、私は邪魔だろうから、消えているぞ」

「そうだな。少しだけ時間をくれ」

ツムギが頷くと、リアンは短剣に付いた宝石の中に吸い込まれるように消えていった。

「……」

「……」

リアンが消えてからおよそ一分、互いに視線を合わせることなく、会話もなく時間だけが過ぎていった。

その沈黙を先に破ったのはツムギであった。

「すまなかった」

「……」

「俺は『リアンの短剣』の中からお前のことを知った。すまなかった。俺が失敗しなければ、お前につらい思いをさせることはなかった。母さんが壊れることもなかった。本当にすまな……」

ユーリはツムギの言葉を遮るように手を前に突き出した。

「大丈夫、大丈夫だから。俺のことはもういいよ。俺は……俺は運よく、多くの人に支えられて大丈夫になったし」

「……」

「ただ一つだけ父さんの口から直接聞かせてくれ。父さんはこの世界を救うために動いたんだろ？　それは父さんの意志だったんだよな？」

「あぁ、最初は嫌々だったけどな。多くの仲間と出会って、俺自身がこの世界を救いたいと思ったんだ。それは紛れもなく俺の意志だ」

「そうか。なら良かったよ」

「？」

「実際に俺も同じ立場になった時、父さんと同じ行動をして、今魔王と戦っている」

「っ……そうか。そうだな」

「けど、あの世に行った時には、母さんに一発ビンタされたほうがいいよ。いや、ビンタで済むか分からないか？」

「あぁ……もちろん。もちろんだ。母さんにも寂しい思いをさせてしまった。あの世でもう一度再会したら一発殴られて、ゆっくりお前を待つとしよう。どうせ、母さんも椿……お前に謝《あやま》りたいことがいっぱいあるだろう。その時、俺も母さんと一緒に改めてお前に謝るよ」

「また謝るの？　俺は、もう大丈夫だってのに」

「あぁ。俺と母さんは、それだけ親としてお前にいろいろなことをしてやれなかったんだ」

「分かった。もう許してるんだけどね」

ツムギはユーリの持っていた短剣に触れて、一つの言葉を口にする。

「許してくれてありがとう。【本解】」

すると、『リアンの短剣』が薄い光を帯《お》び始め、徐々に形状を変えていき、二メートルを超える真っ白い大剣へと変貌した。

「な……！」

ユーリは驚いてツムギの顔を見た。

ツムギの全身から光の粒子が溢れ出し、その体がみるみる薄くなっていく。

「『リアンの短剣』の最後の力を解放するには、使用者の魂を生け贄にする必要があるんだ。だから、リアンはそのことをお前に教えなかったんだろう。まぁ……俺は今から消えゆく存在だし、問題ないよな……？」

そこへリアンが再び姿を現すと、愕然《がくぜん》とした様子でツムギを問いただした。

「ツムギ、お前……!!　まさか、すべて知っていたのか!?」

「ああ、もちろん。……って、ホワイトさんの資料を読んでいただけなんだけどな。【別解】は未来を切り裂く。【誤解】は過去を切り裂く。そして、最後の【本解】は今を切り裂く剣となる」

「そうか、何から何まで……すまなかった」

「リアン、もう謝るな。俺はこうして自分の息子にも会えたんだ。心残りはない」

光の粒子となって消えゆきながら、ツムギは頭を下げて涙を流すリアンを慰《なぐさ》めるように、彼女の頭にポンと手を乗せた。そして、ユーリをまっすぐに見つめて言った。

「椿……これは、俺からの最後の手向《たむ》けだ」

ツムギはユーリの頭を力強く抱き寄せた。するとユーリの頭の中に声が鳴り響いた。

『英雄の証《あかし》が付与されました。ステータスを確認してください』

ユーリは天の声によってステータスの変化を知らされて、自身のステータスを確認した。

ユーリ・ガートリン　レベル72
ＨＰ　５５００／１６５５０　ＭＰ　７１５０／１７０５０
攻撃力　１７５００　防御力　１７４５０

スキル　【全能レベル6】【言語対応レベル7】【隠匿レベル10】
【鑑定レベル10】【危険予知レベル10】【剣鬼レベル10】
【調理レベル10】【剣術（大）レベル10】【耐毒性レベル10】
【夜目レベル10】【調薬術レベル7】など

魔法　【火魔法（大）レベル10】【水魔法（大）レベル10】【風魔法（大）レベル10】
【土魔法（大）レベル10】【無魔法（大）レベル10】【音魔法（大）レベル10】
【時空間魔法（大）レベル10】【重力魔法（大）レベル10】
【氷魔法（大）レベル10】【雷魔法（大）レベル10】【治癒魔法（大）レベル10】

付与　【精霊王の加護】【英雄の証《あかし》】

「すごい！　ステータスがこんなに……。そうか、『足枷の指輪』の効果が失われたせいもあるだろうけど……これならきっと！」

「ああ、魔王とも戦えるはずだ。……これで俺はお別れだ。本当に会えてよかった」

「父さん！」

「あとは頼む……ぞ」

「……あぁ、分かった」

ツムギの願いにユーリは短く答えた。

ツムギはユーリの答えを聞くと、満足そうに微笑んで光の粒子となり空に消えていった。

「……っ」

しばらくの間、ユーリはツムギが消えていった空の彼方《かなた》を、じっと見つめていた。

それはまるで溢れ出る涙が零れるのを我慢するように。

第七話　最後の決闘

「ユーリ、大丈夫か？」

真っ白い空間の中、言葉をなくして立ち尽くすユーリを気遣ってリアンが声をかけた。

ユーリはツムギが消えた空からリアンへ視線を移す。

「……大丈夫だ」

「そうか」

「さてと、そろそろ魔王の奴をぶっ倒しに……って……あ！」

「どうした？」

「父さんにもとの世界に戻る方法を教えてもらってない⁉　ヤバい、どうしたら？」

「あ、そうだな。ふふ、ハッハッハ……そういえば、ツムギはたまに抜けたところがある奴だったな。まぁ、私が解除できるから安心してくれ」

「それは良かった。にしても……短剣から大剣になると違和感《いわかん》があるな」

ユーリは一時的に大剣と呼ぶにふさわしい姿になってしまった『リアンの短剣』を軽々と片手で扱ってみせた。

「ふふ、この状態は、もともと大昔レジェンド級の魔物デールガルドラゴンを真っ二つに切ったと言われる聖剣ランデールを模《も》して作ったそうだ。製作者のリベル・ホワイトは、聖剣デネブ・アルイル・アイカシア・クロス・ファイ・リベル・ホワイト・バグダッド・デンジャラス・パーフェクト・ランデール・リアンと呼んでいた」

「聖剣デネブ……って？　えっと、なんだって？」

「だから、聖剣デネブ・アルイル・アイカシア・クロス・ファイ・リベル・ホワイト・バグダッド・デンジャラス・パーフェクト・ランデール・リアンだよ」

「……えっと、聖剣デネブ・アルイル・アイカシア・クロス・ファイ・リベル・ホワイト……って覚えきれるか！　剣の名前にしては長すぎるよ。厨二病《ちゅうにびょう》の黒歴史小説に出てくるやつだから！　しかも、ちゃっかり自分の名前とか入っているし！」

「どうだろうな。製作者の奴は小説を集めるのが趣味だったようだが、その影響じゃないか？」

「……この剣は大丈夫なんでしょうね？　名前がすごく俺を不安にさせるんだけど」

「え……えっと、剣の力は私が保証する。大丈夫だ」

「本当？」

「もちろんだとも。ちなみに聞きたいんだが、聖剣デネブ・アルイル・アイカシア・クロス・ファイ・リベル・ホワイト・バグダッド・デンジャラス・パーフェクト・ランデール・リアンのどこが悪いのだ？　カッコいいではないか？」

ユーリは「本心で言ってないよな？」という目で、リアンに視線を向けた。

「い……いや、なんでもない。ではユーリ、お前がこの剣の名前を付けてやってくれよ」

「うぐ……そ、それは」

自分で名付けろと言うリアンに、ユーリは戸惑いながら手にした大剣を見つめた。

その大剣の長さは身の丈《たけ》を超えるほどであり、白い直刃《すぐは》に埋め込まれた赤い宝石が薄く輝いている。とても美しく美術品として美術館に飾っていてもおかしくないほどの大剣だった。

「んーん」

「お、冗談のつもりだったのだが、本当に名を付けてくれるのか？　カッコいい名前がいいな」

いきなりの無理難題《むりなんだい》にユーリは頭を抱える。リアンは首を傾げて思案を巡らしているユーリをワクワクした様子で見つめていた。

「あんまり長い名前だと厨二病っぽくなるし……。そうだな、白……『大剣・白月《しろつき》』ってのはどうだ？」

「え、それなら、聖剣デネブ・アルイル・アイカシア・クロス・ファイ・リベル・ホワイト・バグダッド・デンジャラス・パーフェクト・ランデール・リアンのほうがカッコよくないか？　本当にそれでいいのか？　後悔しないか？」

「いや、見たまんまだが、シンプルな『大剣・白月』でいいよ。うん。これでいい」

「そ、そうか。ジェネレーションギャップというやつかな」

「いや、ジェネレーションギャップは関係ないと思うけど。もう決めたんだからいいよ。じゃ、もとの世界に戻してくれ」

「分かった。では泣いても笑っても最後の決闘だ。ユーリ、必ず生き残ってくれ」

「分かってるよ」

ユーリの返事を合図にして、リアンは両手を一度大きく打ち鳴らす。

すると、魔法が解除されて、ユーリは真っ白い空間から魔王――アルカに止めを刺されようとした瞬間に舞い戻ったのであった。


「終《しま》いですね……【剣よ】」

アルカが手にした黒い大剣が振り下ろされるや否や、ユーリは紙一重で時空間魔法の【ショートワープ】を使用して後方へ移動する。

回避と同時に、ユーリは負傷した体に治癒魔法の【ヒール】をかけた。だが、アルカによって負わされた傷は邪悪な瘴気《しょうき》の影響のためか効果が薄い。それでもユーリが諦めることなく【ヒール】を使い続けると、徐々にではあるが傷口が塞《ふさ》がっていくようであった。

「ヒヒヒ、突然どうなされたのですか？　さっきと少し様子が変わりましたね？」

「どうかな」

ユーリは自身を回復させながら、アルカに向けて大剣を構えた。

「もう遊びは終わりにしましょう。君は、確実にここで殺しておいたほうがよさそうです。【止まれ】」

アルカは手を前に突き出して【止まれ】と魔法を唱えた。先ほどユーリの動きを完全に封じた魔法である。

しかし、ユーリは大剣を振るうことでその魔法を打ち消した。

「もう、その魔法は効かない。この剣は今を切り裂く剣……」

「ヒヒヒ……それも『リアンの短剣』の力という訳ですか」

「じゃ。早速行こうか……【プランク】発動」

ユーリがそう言い放った途端《とたん》、二人の姿が消えた。

剣と剣が怒涛《どとう》の如《ごと》く打ち合う音が大地を揺らしている。

だが、明らかに先ほどとは戦況が一変していた。総合的な力は未だアルカのほうが上回っていたものの、ユーリはアルカと剣を打ち合えるようになっていた。

その理由としては四つの要因が考えられた。

一つ目は、ツムギから継承《けいしょう》した力。

二つ目は、ユーリが付けていた『足枷の指輪』が役目を終えて効力を失ったこと。これにより、今まで抑制していた力が解放されたに違いない。

三つ目は、アルカの中に存在しているコラソンの力によるものだろう。少し前にコラソンの意識を抑え込んでから、目に見えてアルカの力が低下していたからである。もしかすると、アルカの意識下では、コラソンがその意識に取って変わるべく今も必死の抵抗を続けているのかもしれない。

最後の四つ目は、アルカとの第一戦でいくらかの経験を得たこと。それは以前から多くの強者達と戦ってきたユーリだからこそ吸収できたものと言えた。

そうして今、天と地ほどもあったユーリとアルカの力の差は大分縮まり、神の領域と誇《こ》張《ちょう》できそうなほどの絶妙《ぜつみょう》な均衡《きんこう》を生み出していたのである。

「ヒヒヒ……面白いですね。私に立ち向かうとは……力の差が分からないのですか？」

アルカは黒い大剣を真横に振り抜いた。

ユーリはその一閃をしゃがんで躱すと、手を交差する形で地面を掴み倒立《とうりつ》する。そして、交差した腕を戻す勢いで体を回転させてアルカに蹴りをお見舞いした。すると、アルカが顔を顰めた。

「く、生意気な……！」

「確かに、力の差はあるな。だけど、この程度の違いであれば、いくらでも戦い方はあるし。それに、剣の型が教科書通り過ぎて読みやすい。剣技【一文字】」

ユーリは倒立した体勢のまま腕力のみで飛び上がって、アルカの胴体を両断すべく、大剣を振るい一刀を繰り出した。

その一刀をアルカは片腕を盾代わりにして防ぐ。

――ガキッ!!

金属を叩いたような甲高い音が鳴り響いた。ユーリは僅かな手応《てごた》えを感じたものの、アルカには一センチくらいの傷を負わすだけで深手《ふかで》には至らない。

「ヒヒヒ……この程度とは。では、気にすることはありませんね」

「く……面倒。なんて硬さ……鉄鋼かなんかで出来てんのかよ」

アルカはそのかすり傷を見て嘲弄《ちょうろう》の笑みを漏らす。予想よりもアルカにダメージを与えられなかったユーリは、眉間に皺を寄せて剣を構え直した。

それからしばらくの間、戦いの形勢《けいせい》はアルカのほうへ傾いているようだった。

アルカは相手の攻撃力が大したレベルではないと判断すると、防御を顧《かえり》みずに黒い大剣をぶんぶん振り回しユーリを追い詰めていく。

次第にユーリの動きもアルカに読まれ始めた。パターン化した回避行動を予測したアルカの的確な一撃に、ユーリは大剣での受け流しを余儀なくされる。しかし、単純な力ではアルカに分があり、ユーリは自身の大剣が押し込まれていくことに焦りを感じた。

「馬鹿力め！」

ユーリは無魔法の【プランク】の出力を上げてアルカの大剣を弾き返すと、間合いを取るために一旦後退した。

この動きにアルカは瞬時に反応し、足元の地面が窪《くぼ》むほど強く踏み込んだジャンプでユーリとの距離を一気に詰めていく。

「逃がしませんよ！」

「……本当に面倒臭い」

敵のしつこさにうんざりしつつ、ユーリはアルカによって振るわれた剣を仰《の》け反《ぞ》るような難しい体勢で躱すと、相手の意表を突くために地面の砂を片手で掴んで投げつけた。

「……っつ！」

ユーリが投げた砂がまともにアルカの顔面に命中した。ユーリはアルカがその砂を振り払っている隙に、素早く後方へ飛び退った。

「はぁー、ヤバかった」

「……くそ……が」

「へ？」

「猿が……猿の分際で私の顔に汚《きたな》い砂を！　よくも！　よくも！　よくも！　よくも！　よくも!!　ああああああああああああああああー!!」

砂を浴びせられた屈辱《くつじょく》のためか、いきなりアルカが豹変《ひょうへん》した。美しかった顔を鬼のように歪ませて、赤い髪を掻き毟《むし》っている。そのあまりにぶっ飛んだ人格の変貌ぶりに、普段は冷静沈着《れいせいちんちゃく》なユーリもさすがに動揺を隠せない。

「やべ……怒らせたなぁ」

アルカの反撃に備えてユーリは大剣を構え直した。それから怒りを爆発させているアルカの様子を観察しつつ思案を巡らせる。

(しかし、顔に砂をかけられたくらいでこの怒りっぷりはどういうことだ？　さっき腕に小さな傷を負わせた時には、これほど怒り狂いはしなかった。……だとすると、何か過去にトラウマでもあったのだろうか？)

「コロシテヤル」

アルカは憎悪《ぞうお》を滾《たぎ》らせた瞳でユーリを睨みつけた。慇懃無礼《いんぎんぶれい》とも受け取れる落ち着いた態度はまったく鳴りを潜め、我を忘れたように黒い大剣を振り回す。

それは制御を失った殺人マシンが暴走《ぼうそう》するような、あまりにも無茶苦茶な剣の扱い方だった。だが、教科書通りとも言えた見事な剣技がなくなった代わりに剣筋の予測がつかず、それがユーリの行動を妨げる。

とはいえ、パワーだけに偏《かたよ》った力任せの猛攻が、大幅《おおはば》に能力値を上昇させたユーリにいつまでも通用するはずがなかった。ユーリは防戦を強《し》いられつつも、抜け目なくアルカの隙を窺う。

「シネェエェーーーーーーーーー!!」

アルカは狂気を孕《はら》んだ叫び声と共に大剣を真横に振り抜いた。

ユーリはその剣を躱す瞬間に生じた相手の隙を見逃さず、反撃に転じるため即座に無魔法の【プランク】の出力を最大値にまで上げてアルカの懐に潜り込む。

「これはどうだ？　剣技【首斬り】」

剣技【首斬り】は、突きの二連撃に、真横からの斬撃を巧みに組み合わせた目にも留まらぬ三連撃だ。現在、ユーリが使える剣技では最も熟練度が高い。しかし、その剣技をもってしてもアルカの首元に浅い傷をつけることしか出来なかった。

「ウザイ!!」

「くそ、馬鹿力が……」

アルカは歯牙《しが》にもかけずにユーリを薙《な》ぎ払う。

ユーリは薙ぎ払いを食らう前に魔法を唱えようとしたものの間に合わず、咄嗟に大剣で受けたのだが、アルカの荒々《あらあら》しい大剣を受け止めきれずに五十メートルほど吹き飛ばされてしまった。

ユーリは大剣を地面に突き立て勢いを殺し、なんとか着地する。

「くそが……せっかく、【ヒール】で治してるのに、今度は片腕と肋骨《ろっこつ》の数本が折れたか」

――と、もはや万事休《ばんじきゅう》すに思われた、その時である。

「「「「「ユーーリィィィィィ～～～～～～！！！！！！！！！！」」」」」

テレシア、リム、ラーナ、ニール、アンリエッタ、アランが龍やフェンリルに乗って現れた。そして、その更に後方からは複数の龍やフェンリル達が押し寄せて来て、ユーリに代わってアルカへ一斉に襲いかかる。

「だ、大丈夫？」

フェンリルに跨ったテレシアが、突然のことにポカンとしているユーリに話しかけた。

そんなテレシアの顔はアルカを前にして少し青ざめているようだった。

「あぁ……なんだ、来たのか」

「なんだ、じゃない！　当たり前だよ‼」

「そうか？　てか、あの聖獣の龍とフェンリル達は何なの？」

「魔王の復活を感じ取ったとかで……加勢してくれたんだ」

「なるほど……なんつーか、怪物大集合って感じだな」

「ふふ、確かに。昔見た怪獣物の映画を思い出すよ。けど、かなり傷を受けたようだね。今すぐ治すよ」

「あぁ、頼む」

「うん。目を覚まして『セフィロト』……【星影】」

テレシアがセフィロトの杖を掲げて【星影】と呟くと、アルカから受けたユーリの傷が治っていく。ユーリはテレシアの治癒を受けながら、アルカに襲いかかる聖獣の龍とフェンリル達の戦いに目を向けて言った。

「それにしても、あいつら……このまま勝ってくれたりしないかな？」

「それはないよ。魔王の魔力は圧倒的だし」

すぐさま反論したのは、白い龍に乗って現れたリムだった。

「そうか、それは残念だ」

次いでリムと一緒にいたラーナが安堵した様子でユーリに声をかけてきた。

「よかった！　ユーリ様の心音が消えかけた時には、どれだけ心配したことか……気が動転して、取り乱してしまいました」

「……そうか、それは悪かったな。てか、俺の心音って、そんなに聞こえるもんなの？」

「もちろん、ずっと聞いてますから」

「え？」

「へ？　あ！　いや、なんでもないです。聞いてませんから……ずっとなんて、聞いてません‼」

ラーナが顔を真っ赤にして首をぶんぶんと振った時、ユーリは背筋が凍るような殺気が近くから漂い始めるのを感じた。殺気の持ち主はアルカではなく、テレシアとリムのものだった。いつの間にか、二人の背後から魔王もかくやというドス黒いモノが漏れ出している。

そのドス黒いモノ……恐るべき殺気に怯んでいたユーリの腰に誰かが蹴りを入れた。

「ど、どうした……あで⁉」

ユーリが蹴られたほうに視線を向けると、不機嫌そうなニールが立っていた。

「僕の妹に何をやっているんだ？」

「な、何もやってないだろ」

「そんな訳ないだろう！　じゃあなんで、ラーナの顔が赤いんだ？　このっ！　……って、いたっ！」

声を荒らげていたニールが、今度はアンリエッタに無防備な後頭部をチョップされた。

「はいはい、馬鹿やってないで！　さっさと、あの化け物を倒さないと……！」

アンリエッタが呆れた様子でニールの後ろから顔を出して口を挟む。

「いたた……！　もう少し手加減をだな……」

ニールは頭を撫でながら涙目《なみだめ》で訴えた。しかし、アンリエッタはその訴えを黙殺《もくさつ》してユーリに声をかけた。

「お兄ちゃんは傷を治してもらうのと、あとは魔力の回復だね」

最後にユーリのもとへ青い龍に跨ったアランが『グラデットの斧』を担いで降り立った。

「アイツは……ヤバいな」

「チキンのアランはビビッてりゅん？」

「ビビッて……なくもない」

「素直に言えたことは成長かにゃ。……く、やっぱり、龍の状態で人語は喋《しゃべ》りじゅらい」

たどたどしい人語を口にする青い龍——ルリアは白い煙を巻き上げて人間の女の子の姿に変身する。

こうして、ユーリの周りに七つの聖具を扱う『希望の子』が集結したのであった。

『希望の子』が全員揃うと、アンリエッタが皆を見回して口を開いた。

「あの化け物、何とかしないと。さすがの龍やフェンリルの聖獣達ですら足止めするのが精一杯だろうし」

「そうだな。じゃ……」

ニールが『トナティウの大剣』を振り上げてアルカを見据えた。そして、我先《われさき》に進み出ようと一歩踏み出したところでアンリエッタに肩を掴まれる。

「なんだよ」

「馬鹿なの？　一人で突《つ》っ込《こ》む気？　あの化け物の力量が分からない訳じゃないでしょ？　死にに行きたい訳？」

「そんな訳ないだろ……！　って、あでっ⁉」

アンリエッタはニールの震える足に蹴りを入れた。

「足震えてんじゃん！　勇《いさ》むのはいいけど、無理があるから」

「あであでっ⁉　……分かった！　分かったから‼　すみません、強がりでした！　だから もう蹴らないで……！」

ユーリはアンリエッタにボコボコと蹴られるニールの姿を眺めながら、彼がアンリエッタの尻に敷かれる未来が目に浮かぶ気がしていた。もちろん、皆も同じ思いを抱いたことだろう。

それは、まあ置いておくとして――。

この中で一番場数を踏んでいる戦闘狂のアンリエッタは、魔王であるアルカの底知れぬ力を感じ取っていた。

「ここで聖具を持った皆が協力しないと即死だよ。でも、単純に一斉攻撃を仕掛ければ勝てる訳じゃない。最低限の……連携《れんけい》が必要になる」

聖獣達がアルカとの死闘を繰り広げている間、アンリエッタを中心に最後の戦いに向けて、それぞれがどのような役割でもって連携に加わるかを決める作戦会議が始まった。

アンリエッタが幾つかの提案を出し、それに皆が答える形で話し合いが進められる中、ユーリは一つの結論を導き出したような表情でアランの顔に視線を向けた。

それに気づいたアランが顔を顰めて問いかける。

「ん？　なんだよ？」

アランの質問は耳に届いていないのか、ユーリは一人何かに納得するかのように頷くと、ニールとアンリエッタのほうを向いて尋ねた。

「……やはりアレしかないな。俺以外の六人でアルカの隙を一瞬でも作ることは可能か？」

「……」

「ど、どういうことだ？」

ユーリの問いにアンリエッタは黙り、ニールは戸惑いの声を上げる。

「少し……」

ユーリが答えようとした時、ニールはその脇腹《わきばら》を思いっきりアンリエッタに殴られた。

「うご!!」

「お兄ちゃんには何か考えがあるんだよ！」

「けほけほ……！　遠慮なく叩きすぎじゃないか？」

「みんなも覚悟はいいかな？　戦闘準備に入って！」

咽《む》せながら文句を言うニールを無視してアンリエッタが声を上げる。すると、その場に集まった『希望の子』らはそれぞれの聖具を持って立ち上がった。

「ふは……頼もしいな」

命を懸けた、生きるか死ぬかの戦いを前にしても普段と変わらぬ仲間達。

ユーリはその心強い姿を目にして破顔《はがん》した。

そして、精神を集中するべく手に持った大剣を強く握り締めた。

決戦の準備を終えた『希望の子』達は、それぞれの聖具を解放していく。

「起きろ。トナティウ……！」

「行くよ。アルム……！」

「力を貸してくれグラデット……！」

「目を覚ましてオリオン……！」

「おはよう、プシーカ……！」

アルカは自身の脅威となる聖具の存在を感じ取ったのだろう。黒い大剣を大きく横に一刀し、応戦していた龍やフェンリル達を吹き飛ばした。

「コロシテヤル‼」

アルカは声を張り上げながらアンリエッタ達のほうに凄まじい速さで襲いかかって来る。

「まずは、私から……【日輪】」

アルカの猛攻に備えて、最初にテレシアが、すでに解放していた『セフィロトの杖』で全員に【日輪】を使用して肉体強化を施した。

次いでアンリエッタが、自身の力を抑制していた『足枷の指輪』を手早く外し剣を構える。

「じゃ、私がアイツの攻撃を受けるよ。【電電】」

アンリエッタが【電電】と呟くと『アルムの剣』が放電《ほうでん》を始め、大蛇のような電気の塊が迸り、彼女に纏わりついた。そして、そのまま稲妻《いなずま》の如《ごと》き速さでアルカに斬りかかる。

「コロシテヤル!!　……コロシテヤル!!!」

「出し惜《お》しみはしない、【プランク】……っ」

黒い大剣とアルムの剣が甲高い音を立てて激突《げきとつ》した。

——ガキンッ!!

アルカとアンリエッタは互いに激しく剣を打ち合っていた。だが、アルカの黒い大剣による圧倒的な力を受け切れずにアンリエッタは押し込まれる。

「シネエエエエーーーーー!!!!!　シネエエエエーーーーーーーー!!!!!」

「なんて、馬鹿力……!!」

剣の腕ではユーリに引けを取らないアンリエッタですら、アルカには手も足も出ず防戦一方を強いられていた。

奥歯をギリギリと噛み締めつつ、必死にその強襲《きょうしゅう》に耐えるアンリエッタであったが、ついに堪え切れずアルカの黒い大剣によってアルムの剣を弾き飛ばされてしまう。

しかし、それもまたアンリエッタの計算ずくの行動だった。

アルカが黒い大剣を振り下ろし、アンリエッタに止《とど》めを刺そうとした、その時——。

何かを感じ取ったのか、アルカはアンリエッタに振り下ろしていた剣を止めて、素早く飛び退いた。その瞬間、今までアルカが立っていた場所に光の矢が降り注いだ。

それは、ラーナの持っていた『オリオンの弓』による【月の矢】の攻撃だった。

「これでもダメなんだ……」

アルカに攻撃の一つも出来なかったことに、アンリエッタは呆気に取られたように独りごちる。ただ、ラーナは止まらなかった。

「く……アンリエッタさんもっと離れてください！　まだ、やります……。【月の矢】!!【月の矢】!!【月の矢】!!【月の矢】!!【月の矢】!!【月の矢】!!【月の矢】!!【月の矢】!!【月の矢】【月の矢】!!【月の矢】!!【月の矢】!!【月の矢】!!【月の矢】!!【月の矢】!!【月の矢】!!【月の矢】!!【月の矢】!!【月の矢】!!【月の矢】!!【月の矢】【月の矢】!!【月の矢】!!【月の矢】!!【月の矢】!!【月の矢】!!【月の矢】!!【月の矢】!!」

無数の【月の矢】が天空からアルカを目標に解き放たれる。

その数と範囲は凄まじかった。あたかもゲリラ豪雨《ごうう》のように土を打ち付ける重たい音が周囲一帯に轟いていた。ラーナはアンリエッタに当たらないように調整しつつ、広範囲に攻撃を広げてアルカの逃げ場を失《な》くしていく。

加えて【月の矢】は防御を貫通する効果を持っていた。アルカは黒い大剣で振り払おうとしていたが、その行動は意味をなしていない。みるみるうちにアルカの体は、大量の光の矢によって飲み込まれてしまう。

ただ、『オリオンの弓』を連続で使用するのは体への負担が大きかったようだ。【月の矢】を打ち終えると、ラーナは荒い息を漏らしながら顔面を蒼白にして地面に膝を突いた。急激な魔力の減少による反動が訪れたのだろう。

「まだよ！」

アルカが大量の【月の矢】に呑み込まれたのを見て、その場にいたほとんどの者が、『やったのか⁉』と心の中で快哉《かいさい》を叫んだ。ところが、アルカの生体反応は消えてはいなかった。再び肥大化《ひだいか》する魔力の存在にいち早く気づいたリムがラーナの前に出る。

リムの言葉通り、天高く舞い上がった砂埃の中からアルカが姿を現し、手に掴んだ何本もの【月の矢】をラーナに向かって投げ返してきた。

「【明鏡】食らい尽くして……中級魔法までなら簡単なんだけどちょっとキツイかな……けど、ラーナにばっかりいい恰好《かっこう》させてらんないし」

リムが【明鏡】と口にした途端、その前面に鏡が形成されて、襲い来る【月の矢】をすべて吸い込んだ。そして、鏡が裏返ると間髪を容れずに、鏡の中から何倍にも大きくなった【月の矢】がアルカに向かって撃ち返された。

「ジャアアマアアアダアアアアーーーー！！！！」

怒髪天《どはつてん》を衝《つ》く勢いでアルカは雄《お》たけびを上げながら腕を振るい、何倍にも大きさを増した【月の矢】を粉々《こなごな》に砕《くだ》き割った。

――ドクンッ!!

その時、邪悪な神の怒りに触発《しょくはつ》されたかのように大地を激震《げきしん》が駆け抜けた。いや、その揺れの元凶《げんきょう》は目の前のアルカだった。ビリビリと大気を震わす鳴動《めいどう》に合わせて、アルカの肉体に目まぐるしい変化が現れる。

しなやかな肢体《したい》はみるみるうちに肥大化し、肌は真っ黒に染まり、口が大きく裂けて牙が剥き出しになった。血のように赤く染まった眼球《がんきゅう》と硬化《こうか》した皮膚からは、かつての美貌《びぼう》は見る影もなく、もはや人間の形状を留めていない。長く鋭利《えいり》な爪を四肢から伸ばしたその姿は、黒く邪悪なドラゴン……神話に登場するバハムートを彷彿させた。

「……な!!」

「質量保存の法則って知っているか？　いや、今までの形態が圧縮された状態で、目の前の化け物がこいつ本来の姿だとしたら……」

「ファンタジーだな」

「なんなの……理解できない」

「ヤバいね」

「……っ！　化け物が出てきましたね」

「本当に化け物」

アルカの悍ましい変貌を目の当たりにした、その場にいた者達の間に動揺が走った。後方で精神を集中させていたユーリの眉がビクッと動いた。

「アレは……何だ」

『まだ完全体ではないようだが、本性《ほんしょう》を現したようだな』

ユーリの呟きに、リアンがユーリの頭の中に答えた。

「完全体ではない？」

『あぁ、復活して間もないから、魔王は完全体になれないのではないだろうか？』

「そうか、あれで完全じゃないのか……って、動揺している場合じゃない……集中集中」

多くの者がアルカの変貌に動揺していた。そこへ上空からアランが、龍の姿になったルリアに跨って空気を切り裂きながら降りてきた。

「的《まと》が大きくなっていいじゃないか！　ルリア、重くなるぞ！　加減はない!!」

「アランのチキン！　手を抜いたりしたら、ぶん殴るにゃら！」

「ハハ、相変わらず、龍の姿で人語は難しいようだな。【望英】」

アランは【望英】と呟いて『グラデットの斧』を掲げた。すると、『グラデットの斧』が全長二十メートルを超える斧へとみるみる巨大化していく。

「く……ここまで大きくすると、さすがに筋力を増やす必要があるな。【オーバープランク】」

アランは無魔法の【オーバープランク】を唱えて自身を強化した。それから巨大化した『グラデットの斧』を上段に構えて、渾身の力を込めてアルカに振り下ろす。

巨大な斧による豪快《ごうかい》な一撃で、周囲に風を切る音が鳴り響いた。

アルカの肩に『グラデットの斧』が深々と突き刺さる。

「ギャァー!!」

『グラデットの斧』が肩に突き刺さったアルカはのたうち、奇声を上げた。

おそらく形態が変わる以前の身軽な状態であれば躱せたであろう。不完全な状態で巨大な図体に変貌を遂げた影響か、敏捷性《びんしょうせい》が落ちているようだった。

「どうやら、不完全なようだね……」

すかさずアンリエッタがアルムの剣を天に突き立てる。すると、今までにないほどにアンリエッタから放電が始まって、その放電がアルムの剣に収束していった。

「一気にいく！　フフ……お兄ちゃんの出番をなくしてやるから！　【三光】」

紫電《しでん》を帯びたアルムの剣を振りかざし、アンリエッタは怒涛の如《ごと》く三連の突きをアルカに向けて放つ。紫電を帯びた鋭い突きが、龍のような形になってアルカを貫いた。

「グゥゥゥ！　コンナモノキクカァ!!　キサマ!!　キサマァアアアア!!」

けたたましい咆哮《ほうこう》と共にアルカが上空に飛び、アランとルリアを叩き落とすと同時に、アンリエッタに黒いブレスを吐いた。

「ぐあ……！」

「きゃ！」

アルカから反撃を受けた三人は後方へ吹き飛ばされてしまった。けれども、彼らはリムの魔法で地面への激突を緩和《かんわ》され、辛うじて助かった。ただ、アルカは更に追い打ちをかけるべく三人に迫ろうとした。

――と、その時。

「……何時だったか」

いつの間にかアルカの懐に入っていたニールが呟いた。

「貴様らのような化け物に対抗する方法が分からないと、ユーリに相談したことがあった。懐かしいな。【牙天】」

ニールは『トナティウの大剣』を掲げて【牙天】と唱えた。

すると大剣の刃先が高速で振動を始め、金属を打ち鳴らすような音が辺りに響く。

「結局、僕には剣しかないことが分かってね。ずっと剣の腕を磨《みが》いていたんだ。【辻斬り】」

ニールは大剣を真横から二回、目にも留まらぬ速さで振り抜いた。しかし、アルカの体には傷一つ付いていないようだった。

「シネェエェーーーーーーー!!」

アルカは懐に入っていたニールを鋭い爪で薙ぎ払う。

ニールはそれを大剣で受け止め、辛うじて致命傷は避けた。だが、後ろに吹き飛ばされ岩に叩きつけられてしまう。

叩きつけられた衝撃で身動きが取れないニールの息の根を止めるべく、アルカが追い打ちのブレスを放とうと口を大きく開けた。

その時、突然アルカの胸部が大きく切り裂かれ、黒い血飛沫《ちしぶき》が溢れ出した。切り口は、先ほどニールが大剣を振るった場所と同じだった。信じられないことだが、ニールの斬撃が鋭すぎて、切られたことを認識できなかったのだ。

「クァアアアアァァァァァァァーーーーーー!!!!!」

傷を受けたアルカはのたうち回りながら声を上げた。対してニールは「出番を無くしてやりたかったが……。ユーリ、後は頼んだ……」と言葉を残して意識を失ってしまう。

「上出来すぎる。あとは、任せろ!」

ユーリはニールの労をねぎらいつつ、時空間魔法の【ショートワープ】を唱えると、のたうっていたアルカの前に現れた。

すでに全身に肉体強化の魔法を施されているユーリは、『大剣・白月』を上段に構えて告げた。

「これで終いだ。……【一星】」

ユーリは【一星】と呟いて、大剣をまっすぐに振り下ろした。

その一刀は凄まじい威力の斬撃を生んで、アルカに襲いかかった。

アルカは斬撃を両手で受け止めようとする。しかし、徐々に斬撃の威力に押され、二十メートルほど後退したのち、巨大なドラゴンであるアルカは真っ二つにされたのだった。

それでも……。

「アァ……!!　ワ、ワタシハシナヌ!!」

「……っ」

真っ二つになり体が炎上してもなおアルカは起き上がり、呪いの言葉を撒《ま》き散らした。

更に這うようにユーリへと向かって来て手を伸ばす。しかし、ユーリは怯むことなくアルカをまっすぐに見つめた。

「マタ……オマエノマエニ……アラワレル……グフッ！」

アルカの手がユーリに届くことはなく、やがてアルカは粉々に砕け散ったのだった。

「ふぁ……疲れた」

戦いを終えて、満身創痍《まんしんそうい》のユーリはその場に座り込んだ。

手にしていた『大剣・白月』が小さく縮み、元の短剣のサイズに戻る。

「ユーリ！　大丈夫⁉」

ユーリのもとへリムが駆け寄って来た。

「あぁ……ギリギリな」

「よかった。立てる？」

ユーリはリムが差し出した手を掴んで立ち上がった。

「すまない。おっと」

「いいよ」

「ちょっと、行かなくちゃ……」

「え？　どこに？」

ユーリはリムの肩を借りながら、ふらふらと歩き出した。

その表情は真剣であり、まだ大切な仕事を残していると言わんばかりである。

そして、ユーリが足を止めたところは、ちょうどアルカが消えた場所だった。

「え？　コラソンさん……⁉」

リムはそこに倒れていた人に気づいて驚きの声を上げた。

左腕を失い、体の至る所に切り傷があるが、その人は紛れもなくコラソン・シュルツであった。

ユーリはコラソンの隣にしゃがみ込み、首筋の血管に手を当てて生死を確認する。

「かなり脈は弱いけど。きっと間に合うはず……テレシアは……まだ来られそうにないか？」

ユーリが周りを見渡すと、テレシアは負傷した仲間達の治療を懸命《けんめい》に続けていた。やむなくユーリは自分の手をコラソンの体の上にかざした。

「今の俺に残っている魔力では、これが限界……【ヒール】」

コラソンの傷は魔族のカルゲロから受けたものだ。その傷に通常の治癒魔法は効きにくいとユーリも分かっていた。しかし、僅かでも希望が残されているのならと全魔力を【ヒール】に注ぎ込む。そうしていると、ユーリの手の上にリムが自分の手を重ねた。

「私も手伝わせてよ。【ヒール】」

ユーリとリムは二人揃って治癒魔法を唱え始めた。すると、コラソンの体が光に包まれて、傷口から黒い火花のようなものがバチバチと発せられた。何らかの力によって治癒魔法の効果が阻害されているようだ。

「う……ユーリ、あまり効果が……」

「効果は少ないかもしれないが……テレシアが来るまで少しでも時間を稼ぐぞ」

ユーリとリムがコラソンに治癒魔法を使い始めてから十分後――。

ようやくユーリ達のもとへテレシアが駆け寄って来た。

「大丈夫⁉　ユーリ、ケガはない⁉」

「俺は大丈夫だ。それより」

「⁉　え？　どういうこと？　なぜ、ここに人が……⁉　でも、今はそんなことより……早く治癒を開始しないとだね！　二人とも離れて……【星影】」

テレシアがセフィロトの杖を構えて【星影】と口にすると、コラソンが光に包まれた。

ユーリはリムとテレシアにコラソンのことを説明する。

「この人は……俺の師匠のコラソン・シュルツだ。師匠はわざと教会に現れた魔族に自分を取り込ませた。そして、魔族が魔王アルカとなった時、特別な魔法で弱体化させたんだ。もし、魔王アルカが弱体化してなかったら、俺達はどうなっていたか分からない」

事実を知ったリムとテレシアは、コラソンを見てゴクリと唾を呑んだ。

「俺は『リアンの短剣』の最後の力……【本解】の、今を切り裂く力によって、何とかアルカを倒して……奴に取り込まれた師匠を取り戻したんだ」

その時だった。

コラソンの傷を治癒していた光が、突然弾かれて飛散してしまう。

「な、なんで？」

「どうした？」

「治癒を受け付けてくれない……どうして？　まだ弱いけど脈はあるのに」

治癒が拒否された原因は不明だが、テレシアは気を取り直して治癒を行う。しかし、何度試みてもコラソンにその効果が現れない。

「もしかしたら……」

「ん？　どうしたの？　ユーリ？」

何か思い当たったのかユーリは言葉を濁す。その様子が気になったリムが問いかけた。

「もしかしたら、寿命が切れかけているのかもしれない」

「……そうか、その可能性は高いよ。この人はエルフ族なのね……若く見えるから、何歳か分かりにくかったけど」

ユーリが考えを述べると、それに対してアンリエッタは納得したように頷いた。

「師匠はアルカを弱体化させるための代償《だいしょう》として寿命を支払ったと言っていた」

「そうなんだ……ユーリ、私はこの世界では治癒魔法に秀《ひい》でているほうよ。これまでにもたくさんの人達を治癒してきた。その経験から言わせてもらうと、治癒魔法のメカニズムの鍵は細胞分裂の回数にあるの。つまり……そもそも治癒魔法とは、細胞分裂を促すことで傷口を繋ぎ合わせる仕組みだから、寿命が尽きかけていて細胞分裂が可能な回数が残り少ない場合、治癒魔法は効きにくいんだ」

「そうか……く」

テレシアの説明を聞いて、ユーリは頭を抱えてがっくりと膝を突いた。すると、リムがユーリの服を引いてくる。

「ユーリ、コラソンさん死んじゃうの？　ねぇ？」

苦悶の表情を浮かべて頭を掻きむしるユーリが、テレシアに視線を向けた。

「師匠が死……っ！　くそが‼　何か……何か、テレシア……どうにかならないか？　治癒魔法に詳しいんだろ⁉　そうだ、死者を復活させる魔法とか……」

「私には残念ながら死者を蘇らせることは出来ないし、なくなった寿命も取り戻せない」

「……なくなった寿命を取り戻す？　……取り戻す⁉」

ユーリは素早くテレシアに駆け寄ると、その肩を掴んで揺さぶった。

「う、うん」

「……そうか、……その手があった。馬鹿だな。俺はなんで気づかなかったんだろう。なくなったら足せば済む話じゃないか。ハハ」

ユーリは空を仰ぎ見て、大きく笑い出した。

「ど、どうしたの？」

「ユ、ユーリ？」

突然、笑い出したユーリを見てテレシアとリムは動揺した。万策尽きた落胆《らくたん》のあまり、正気《しょうき》を失ってしまったのではないかと心配する。

しかし、ユーリの耳には彼女達の不安な声も届いていないのか、そのまま後ろにバタンッと寝転がった。

「ハハ……テレシア」

「な、なに？」

「これを使ってやってくれ」

ユーリは憑《つ》き物が落ちたような清々《すがすが》しい表情で上半身を起こすと、テレシアに視線を向けた。そして、ある物を取り出すとテレシアの手に載《の》せた。

「これは何？」

「長命薬」

「は⁉」

ユーリの答えを聞いて、テレシアは思わず大きな声を張り上げてしまう。

「だから、長命薬。それ、最後の一つだから大事に扱ってくれよ」

「な、な、なんでユーリがそんなすごいものを持っているの⁉　長命薬は伝説の秘薬と言われる秘薬中の秘薬だよ⁉」

「作った」

「つ……作ったって⁉　正気なの？　ほ、本物なんだよね？」

テレシアは慌てて包み紙の中に入った長命薬を取り出して観察した。いくら何でも本物の長命薬が存在しているとは信じられずに疑っているらしい。

「あぁ……本物。疑うならスキルの【鑑定】で調べてもいいよ」

「……ヤバ」

「絶対に大丈夫だから。早く、それを飲ませて寿命を回復させてやって。そしたら、治癒魔法も受け付けてくれるでしょう」

「分かった。やってみるよ」

コラソンは長命薬で寿命を回復し、テレシアの治癒によって一命を取り留めた。


こうしてユーリはテレシアを手に入れ、コラソンを助け、そして大切な人々も守った。更に……ついでと言ってはなんだが、滅《ほろ》びの未来から世界をも救うことができた。

だが一つだけ、ユーリは自分の願いを叶えられずに不満を残していた。

というのも、ユーリは以前からアルカ討伐の功績はニールにでも押し付け、貴族の仕事は部下にでも押し付け、自分は悠々自適《ゆうゆうじてき》に田舎《いなか》でのんびり怠惰な生活を送ろうと思っていたのだ。

ところが、ある出来事のせいで状況はユーリの思惑を見事に裏切り、彼は魔王の手から世界を救った英雄に祭り上げられてしまったのだった。

……すべて一件落着、どころか――。

まったくもって、これはユーリにとって喜ばしい事態ではなかった。

――しかしそれもまた、別の話である。

エピローグ　物語は終わらない

――これは後日談である。


魔王アルカの討伐を無事に終えて一カ月後。

ユーリはコラソン・シュルツの屋敷で開かれるパーティーに出席すべく、気心《きごころ》の知れた仲間達を引き連れて屋敷の長い廊下《ろうか》を歩いていた。メンツは使用人のディランとローラ、リムと冒険者のリナリー、シル、ルシア、ルースである。

「ふぁ……もう眠《ねむ》たくて」

ユーリは眠たげな目を擦《こす》りながら大きく欠伸《あくび》をした。その表情には相当な疲労感が滲み出ている。

なぜ、ユーリがこのように消耗《しょうもう》しているのかというと――。

もちろん、魔王との死闘による傷がまだ完全に癒《い》えていないこともある。だが、それ以上にユーリを疲弊《ひへい》させた原因があった。

それは、復活した魔王を打ち倒した英雄がユーリ達であることを世界中に知られてしまったからである。

ユーリとしては、戦いを始める前から魔王討伐後のゴタゴタを想定し、もしも魔王に勝利した暁には、その功績をすべてニールに押し付けて、自身は逃亡する計画を立てていた。

なぜなら、その後に世界中で開催されるであろう、各国の王侯貴族との煩わしい祝典《しゅくてん》やら何やらに自分が引っ張りだこになるのが目に見えていたからだ。

名誉というモノにまったく興味のないユーリにとって、これほど厄介で、面倒で、気疲れする事態はなかった。

――ところが、である。

ユーリにとっては誠に不幸なことに、魔王を打ち倒して「さあ、各国へ報告だ！」というタイミングで、なんと裏ユーリが登場した。そして、魔王アルカを倒したと言い放った。

つまり、ニールに厄介事を押し付けるというユーリの計画を見事にぶち壊したのだ。

世界中の人々は魔王の復活を知って、恐怖と混乱の境地《きょうち》に陥っていたため、この願ったり叶ったりの吉報《きっぽう》を耳にして文字通り狂喜乱舞《きょうきらんぶ》した。

こうして、ユーリをはじめとした『希望の子』達――ニール、アンリエッタ、ラーナ、リム、アラン、テレシアの七人は魔王を倒した英雄として祭り上げられることとなり――。

ユーリは、自身が恐れていた通りの事態に巻き込まれてしまったのである。

他の『希望の子』と比べても、ユーリの周りは特に忙《せわ》しなかった。魔王アルカに止《とど》めを刺した者こそがユーリだと広まってしまったからだ。結果、連日連夜パーティーに引っ張りだことなり、休む暇もなく……そうしてユーリは、完全に疲れきってしまったのである。

「ユーリ様、大丈夫ですか？　お疲れでしょう？」

ユーリの隣を歩いていたメイドのローラが心配そうに声をかけた。

「まぁ……そうなんだけどね」

「……でしたら」

「今回は親しい身内だけが集まったパーティーだしね。ここ一カ月で溜まりに溜まったストレスを発散したい」

「そうですか、ユーリ様の息抜きになるのでしたらいいのですが」

ユーリの言葉を聞いて、ローラは胸に手を当てて安堵した。

そこへ後ろからディランが話しかけてきた。

「おい、坊主。しかし、いったい……ほんとに、ここはどこなんだ？」

「さっき、内緒だって言ったろ？　会場に着いてからのお楽しみだよ」

「そうは言ってもなぁ。冒険者連中とも話していたんだが、かなり古い造《つく》りの屋敷だ。飾られている壺《つぼ》や絵は古すぎて価値は分からんが、金細工や宝石の意匠《いしょう》が施された剣が幾つもあるぞ？　坊主は身内のパーティーと言っていたが、王族や大貴族にでも屋敷を借りているのか？」

ディランの反応は当然だった。というのも、秘密の場所だという理由で、彼らは目隠しをされてユーリの時空間魔法で連れてこられていたからである。

「王族？　いや……きっと、もっと驚くと思うよ。あー、ちなみにこの場所は、一応ガートリン男爵家の領内だよ」

「は？　どういうことだよ」

「まぁまぁ。さて、大広間と聞いていたから、この部屋かな？」

ディランとの会話の途中、ユーリは一際大きな扉の前で不意に立ち止まった。扉の隙間からは、大勢の人々による楽しげな声が漏れている。パーティーの開始時刻までは時間があったが、もうすでにかなりの人達が集まっているようだ。

「あ……そうそう、何度も言った通り、ここで見聞きしたことは他言無用《たごんむよう》だからね。それからみんな、くれぐれも驚きすぎないように……」

ユーリは扉のドアノブに手を置いて振り返り、連れてきた全員に釘《くぎ》を刺す。

「ふふ、今更だろう」

冒険者のリナリーが口に手を当てて笑った。

「そうかい？」

「さすがに私らは少年のとんでもない行動に耐性が出来上がっているからね」

ユーリの反応にリナリーは自信満々の様子で答える。すると、リナリーの仲間である冒険者のシル、ルシア、ルースの三人もうんうんと頷いた。

ユーリは彼女達の反応を見て悪戯《いたずら》っぽい笑みを浮かべる。

「ふふ、それはどうかなー？　今までみんなが見てきたのは、言ってみれば子猫みたいなもんだからね。ここから先はライオンクラス……いや、それ以上のドラゴンクラスが待ち構えているから……ある程度の覚悟はしておいてもらわないと……」

「な……今までので⁉」

「そんなこと、ある訳……」

「そ、そうですよね……！」

「うそだ」

リナリー、シル、ルシア、ルースは唖然とした面持ちで固まった。

「ハハ……世の中の広さを知るといいよ」

リナリー達の様子を見ていたユーリが小さく笑った。

その時、もったいぶって皆を焦《じ》らすユーリの服をリムが引っ張った。

「ユーリ、ユーリ。早く中に入ろう。きっと、みんなもう集まっているんでしょ？」

「あぁ。そうだな、すまない。では――」

ユーリが開いた大きな扉の先には、人間や獣人だけでなく美しい妖精やエルフが、なんと総勢百人は下らない規模で集まり、飲めや歌えの大宴会に興《きょう》じていた。中でも目を引くのは、宙をフワフワと漂う可愛らしい妖精の姿であろう。

このあまりに非日常的な光景を目にして、リム以外のメンバーは度肝を抜かれて驚愕の声を上げた。

「「「「はぁぁぁぁぁぁぁぁぁぁぁぁぁ――――――――――――!?」」」」

「ハハハハ……だから、驚きすぎないでねって言ったのに」

ユーリは後ろを振り向くと、言わんこっちゃないという顔で仲間達を眺め回し、ニヤリと白い歯を見せて笑った。

「ユーリ様、これはいったい、どういう……!?」

「ちょっ……なんだよ!?　あの生き物はぁ!?」

「小さくて綺麗……私、夢を見ているのかな?」

「……えっ……ええっ?　……えええっ!?」

「ハハ、人形じゃないのか?　宙に浮いてるし、羽も生えてら……」

「なんだありゃ……?」

ユーリの仲間達は、このあり得ない状況をなんとか理解しようと考えを巡らせているらしい。そこへ一人の男がユーリの近くに歩いてきた。それは屋敷の主人であるエルフ族のコラソン・シュルツであった。

「やぁ、ユーリ君。ようやく主役の登場だね」

コラソンが現れると、ユーリの仲間達は彼がエルフ族であることに気づき、更にびっくりして腰を抜かしそうになっている。

「俺は、そんな柄じゃないのだけど……」

「ハハ、そうだね。ただ、君が世界を救ってくれたことは紛れもない事実だからね」

「どうにかならないですかね。街で吟遊詩人とかに謳《うた》われるようになって、すごく恥ずかしいのですが」

「それは、どうしようもならないだろうね」

「ふふ、そうだな。どうにもならんよ」

ユーリとコラソンが話していると妖精の国の王であるアリス・リリアーヌが飛んで来て、ユーリの肩にちょこんと腰かけて微笑んだ。

「やっぱりならんですか……って、アリス様。口元にベッタリとケーキのクリームが付いてますよ。ハンカチで拭きますから動かないでくださいね」

「うむ……すまぬな」

ユーリはポケットからハンカチを出して、アリスの口元を丁寧《ていねい》に拭いてやる。

「相変わらず、甘いものが好きですね」

「甘いものは生きがいみたいなもんだからな。ここに用意されたケーキも、なかなかうまいものばかりだぞ？」

アリスは素直にユーリの手でクリームを拭かれつつ、やんわりと反論する。

「そうですか、それは良かったです」

「おや？　そこにいる客人は新顔じゃな。ユーリの連れか？」

アリスは興味津々《しんしん》な顔でユーリが連れてきたリム以外の仲間達に視線を向けると、ユーリの肩から飛び降りてローラの前まで飛んでいった。ちなみに、リムはアリスの口からケーキという単語を聞くや否や、いても立ってもいられぬ様子で料理が並べられたテーブルのほうへ行ってしまっている。

「私は妖精の国リリアーヌの国王。アリス・リリアーヌ十五世である」

「は、はひっ……！　わ、私は、ユーリ様のメイドをしています、ローラと申します!!」

アリスの女王としてのオーラに当てられてしまったのか、ローラは緊張のあまり上《うわ》ずった声で挨拶した。ちなみに、ローラ以外の仲間達も表情を強張らせていた。

「そんなに畏《かしこ》まらなくてよい。メイドとはいえ、ユーリがこの場に同席を許すほど信頼されているんだろ？　気軽にアリちゃんとでも呼んでくれていいぞ？」

「め、滅相《めっそう》もございません！」

ローラは頭をぶんぶんと振って恐縮《きょうしゅく》する。

「うむ、遠慮は必要ないのだがな……」

アリスは少し頬を膨らませて腕を組んだ。

ぎこちない空気になってしまった場を和らげようと、コラソンが助け船を出す。

「まぁまぁ。アリス様、突然のことでびっくりしているんでしょう。こういうのは順を追って交流の輪を広げていくべきでしょう」

「そうかの？　では、ユーリよ。此奴《こやつ》らを借りていくぞ。私達も良い人間との交流を深めたいと思っていたのじゃ」

アリスはユーリが口を挟む暇もなく、あれよあれよという間に、ユーリの仲間達を妖精王国の妖精達が集まる会場中央へと導いていく。

しばらくの間、仲間達はアリスとその取り巻きの妖精達の質問攻めに遭《あ》っているようだった。しかし、やがて肩の力も抜けてきたのか、探り探りであった会話が徐々に寛《くつろ》いだ雰囲気になっていく。

その様子をユーリとコラソンが少し離れた場所から見ていた。

「師匠、体調はいかがですか？」

「大分戻ってきているよ。……改めてすまなかったね。どうやら、僕が間違って――」

ユーリはコラソンの前に手を突き出して言葉を遮る。そして、首を横に振った。

「気にしないでください。俺は多分、師匠も助けたいと強く思えたからこそ、アルカに立ち向かえたんです。それに……結果的にアルカを倒して世界は救われたのですから、いいではないですか」

「……そうなのかな?」

「そうですよ。終わり良ければすべて良しって言葉が前の世界ではありましたし」

「そうか」

その時である。

ユーリとコラソンは、誰かに背中をドンっと思い切り叩かれた。

「あたたた……なんだ? 突然——」

「この痛みは……」

二人は顔を顰めながら背後を振り向いた。

そこには、ほんのちょっと頬を赤くしたコラソンの妹、エリン・シュルツが立っていた。

「あははは!! 兄さん、飲んでるかい?」

「なんだい、エリンか……もう飲んでしまったのかい?」

お酒を飲んで陽気なエリンに対して、コラソンは少し呆れたような表情になって問いかけた。

「もちろんだとも!」

「やれやれ、相変わらずの絡《から》み酒のようだね。水を取ってくるよ」

エリンの酒癖《さけぐせ》の悪さにはもう馴《な》れっこなのか、コラソンは肩を竦《すく》めつつ水を取りにどこかへ行ってしまう。

自分に歯《は》止《ど》めをかける者がいなくなり、エリンは好奇心旺盛《おうせい》な瞳をキラリと輝かせた。

「ふふ。こんなところに主役がいるじゃないか。なぁユーリよ。お前……」

「え？　何か？」

「ユーリ。初めて直接会うが、お前、なかなかいい男だな？　ハハ」

「は……はぁ」

エリンは離れていくコラソンの背中を一瞥し、ユーリのほうへにじり寄ろうと足を一歩踏み出した。と、その瞬間、エリンが盛大《せいだい》に転びそうになる。

だが、床に倒れる寸前でユーリが咄嗟に腕を伸ばし、エリンの体を抱え上げた。

「大丈夫ですか？　と言いますか……何か、俺のこと試してます？」

「ふふ、私が躓《つまず》いたのを完璧に助けるだけでなく……それが故意《こい》であったとまで見抜くとは……さすがは魔王を倒すだけのことはあるな」

「それはどうも……って、どこを触っているんですか？」

エリンはユーリに密着《みっちゃく》した姿勢のまま、器用に彼のシャツのボタンを外すと、おもむろにその中へ手を差し込んだ。

「どこを……って、ちょっと胸板《むないた》がどの程度のものか気になったので、チェックをだな」

「ちょ……あのくすぐったいので、やめてもらえます？」

「もう少しじゃ……ほう、不摂生《ふせっせい》せずに無駄なく鍛え上げられているな。それに私を相手にしても心音が揺れることがない。自分の力に胡坐《あぐら》を掻いておらぬ証拠だ。これでは残念ながら、うちのアランでは勝てんはずだわ！　ハッハッハ」

ユーリの胸板にべたべた触れながら、エリンは愉快《ゆかい》そうに笑った。

ユーリが迷惑《めいわく》そうな顔でエリンを持て余していると、そこへ飲み物の入ったグラスを持ったアランがやって来た。

「声が大きいですよ。それにこんな所で何してるんですか？　エリン」

「アランよ。私がユーリとイチャイチャしていることに嫉妬《しっと》しているのか？　苛立《いらだ》つでないぞ」

「いや、そうじゃない」

「む、そこは『嫉妬しています』と言ってくれていいんじゃがな。……ふふ。では、一番の英雄になり損《そこ》ねたことが関係しているのかの？」

「まぁ……それは多少はね。しかし、勝てなかった事実は受け入れる。だけど、俺は諦めない。ユーリ、お前より多くの人々に認められて本当の英雄になってやるからな！」

「ふむ、その意気じゃ！　英雄になる方法は一つではないからの」

エリンはアランの答えを聞いてニカッと笑うと、重力魔法の【フライ】を発動させて、今度はアランに勢いよく抱き着いた。

「おっと、なんだよ⁉　急に……！」

「可愛い奴よ、アラン」

「な……⁉　どこ触ってやがる！　ここは人がいっぱいいるんだからな！」

所構《ところかま》わぬエリンの求愛行為にアランが動揺していると、騒ぎを聞きつけたルリアが両手にこんがり焼けた肉を持って現れた。どうやらルリアはアランとエリンがイチャついていたのが気に食わなかったらしく不機嫌な表情をしていた。ちなみに今は本来の龍の姿ではなく、青い髪の女性に化けた状態である。

「あ……エリンさん！　アランは私のなんだからね！　そんな、ベタベタ触らないで！」

「ふふ、いつまで経っても初心《うぶ》な反応は、やっぱりアランが一番じゃよ」

「そんな一番にはなりたくないいんだけど！」

「だから、もう！　離れてって、言ってるでしょ⁉」

「ごめんって、ルリア、お願いだから俺の髪の毛は引っ張らないで！」

あれやこれやとお互いに好き勝手な主張をぶつけ合っているうちに、三人は痴話喧嘩《ちわげんか》に突入してしまった。

逃げるなら彼らが揉《も》み合っている今がチャンスだ。

ユーリはそう状況を見極めると、エリン達の意識が自分から離れたことを幸いとばかりに、スキルの【隠匿】と音魔法の【サイレント】で気配を消して、その場を離れたのだった。

ただし、一難《いちなん》去ってまた一難とは、こういうことであり——。

ユーリが逃げた先では、人間に化けたフェンリルのパトラとラーナの二人が口論をヒートアップさせていた。

気心の知れたメンツが集まるパーティーにもかかわらず、やたらと喧嘩をしている人達が多いな、とユーリが渋面《じゅうめん》を作っていると、その原因が耳に入ってきた。

「テレシアが第一夫人に決まってるんだよ！」

「それは間違っています！」

「なにがなんだよ？」

「私がユーリ様の第一夫人です！」

「強いオスには複数のメスが寄り添ってもいいんだよ。だけど、テレシアの一番は譲れない。二番で手を打つんだよ！」

「そんなの嫌です！」

メイドのリムは二人の口喧嘩に我関《われかん》せずといった様子で、そこはかとない自信を漂わせながらケーキを摘む。

「ふふ、私はただのメイドだから第一夫人は無理だけど。ユーリの寵愛《ちょうあい》は私がもらうね。アレ、ユーリはどこに行ったのかな？」

リムは二人の口論などどこ吹く風といった顔でポツリと独りごちた。

「な、そんなの無理なんだよ。その寵愛も一番のテレシアのモノなんだよ！」

「寵愛ももちろん私がもらうんです。絶対に負けませんよ！　……え？　さっきまで聞こえていたはずのユーリ様の心音が……突然、消えてしまいました……」

彼女達の揉めごとの理由が自分にあると知ったユーリは、いったん解きかけた魔法を再び自分に施すと、くるりと踵を返してその場から瞬時に逃げ出したのだった。


（はぁー親しい身内だけが集まったパーティーだったはずなのだが……）

ユーリは心の中で軽く愚痴りながら、身に降りかかりそうな危険を避けるため安全地帯を探していた。

しかし、その努力空《むな》しく、ユーリの右手は突然何者かにガシッと掴まれてしまった。

「ユーリ、なに走ってるのかな？」

俺の右手を握っていたテレシアから声をかけられた。

（な、なんでだ⁉　なんで、気づかれた？　気配も心音も完全に消していたはずなのに……）

ユーリは戸惑いを隠しきれずに驚きの声を漏らしてしまう。

「んあ……なんで？」

「ユーリ？　何言ってるの？」

美しいテレシアの顔がどこか能面《のうめん》のように見えるのは気のせいであろうか。彼女は訳が分からないといったふうに首を傾げた。薄らと微笑んでいるようでいて、目はまったく笑っていない。その瞳は、ユーリがどんなに気配を消そうとも、どんなに心音を消そうとも無駄だ、私からはもう逃げられないよ？　と暗《あん》に告げているかのようだ。

「どうしたの？　顔青いよ？　治癒魔法いる？」

ユーリの背筋を冷たいものが走った。そして、テレシアの問いかけに首を横に振った。

「いや、大丈夫。大丈夫だから」

「そういえばさ。私達はいつ結婚式やるの？」

テレシアは笑顔でユーリに問いかけた。

何も知らない普通の人が見れば、紛れもなく最高の、すごくいい笑顔だった。

しかしユーリから見ると、その笑顔にはまさしく蛇が睨んでいるかのごとく圧力があった。もちろん、ユーリが蛙《かえる》である。

ユーリは、テレシアの重い……非常に重い問いに対して、張り付けたような笑みを浮かべながら口を開いた。

「……あーえっと……」

「せっかく、国王様から許しが出たんだし、早めに済ませておいたほうがいいと思うんだよね」

　笑顔のテレシアは一歩前に出る。

「あ……そそ、それはどうかな？　もう少し落ち着いてからのほうがいいんじゃ？」

　テレシアの笑顔の迫力《はくりょく》は、魔王を倒したユーリすらも怯ませてしまうほどだった。ユーリは思わず一歩後ろへ下がる。

「ユーリは今幾つもパーティーに参加させられているようだけど、言い寄られたりするの面倒臭いよね？」

　テレシアは首を傾げて、また一歩前に出て問いかけてくる。

「……」

「ユーリは面倒臭いのは嫌だよね？」

「それは……」

「ふふ、じゃ、早いに越したことはないと思うんだけど。私、間違ってるかな？」

　ユーリとテレシアが押し問答を繰り返し、ユーリが徐々に下がっていく。やがて大広間の壁にユーリの背中が押し付けられた。そこへテレシアの手がドンと壁を突く。

男女の逆転した壁ドン状態に追い込まれ、ユーリは苦し紛れの言い訳を口にした。

「いや、あのな。こういう大事なことはさ。面倒臭いで済ましてはいけないと思うんだよね」

「む……そうやって、まさか有耶無耶《うやむや》にしたりしないよね？　あんなにカッコよく告白してくれたくせに……。アレは、プロポーズじゃなかったの？」

「う……うん、そんなことはしないよ。ただね、ただ、もう少し時間が必要なんじゃないかと思ってさ」

「そうかな？　そうかな？　最近、避けられているように感じるのは気のせいかな？」

「もちろん、そんな訳ないよ。結婚とか怠《だる》いなんて全然思ってないよ。うん。ほんと……アレだよ。結婚について先人にいろいろ教えてもらっていたんだ」

「ふーん」

腑《ふ》に落ちない顔でテレシアが訝しんでいると、背後から青色の髪の女性が現れて彼女の肩に手を置いた。

「まぁまぁ……そのくらいにしてやれよ。今日は楽しいパーティーなんだからね」

「アーリー……けどさ」

それはアーリー・クリスという凄腕の冒険者だった。千の魔法を操ると言われている魔法使いである。

テレシアは振り返ってアーリーの顔を見ると、唇を尖《とが》らせて不服《ふふく》そうな態度を示した。

「私も彼と話をしたい。テレシア、彼を少し貸してくれないか？」

「はい……」

アーリーとテレシアは師匠と弟子の関係であった。一緒に旅をした経験もあり、その道すがらテレシアはアーリーから多くの魔法や戦いの方法について教わる機会を得ていた。

したがって、他の人間ならともかく、アーリーの意見を無視することは出来なかったのだ。

だが、そこはテレシアも一筋縄《ひとすじなわ》ではいかない。一瞬、大人しくその場を離れるかに見えた彼女は、ほっと胸を撫で下ろしかけたユーリのほうを振り向いて念押しをする。

「ユーリ、このパーティーが終わったら、しっかり続きを話そうね？」

テレシアはいい笑顔であった。

決して言い逃れなどさせはしない、とテレシアの瞳が語っていた——。

対してユーリは口元を引きつらせながら、張り付けたような笑みで答えるしかなかった。

「……あ、あぁ」

「じゃ、またあとでね」

テレシアは一方的にそれだけ言い残して、歩いて行ってしまった。そんなテレシアの後ろ姿を見送りながらアーリーとユーリはしばらく黙っていた。

その沈黙を最初に破ったのはアーリーだった。

「面と向かって話すのは初めてだな。私はアーリー・クリス。彼女……テレシアの案内者として魔法を主に教えていた」

「ふう……とりあえず、礼を言わせてください。本当に……本当にありがとうございます。助かりました。俺はユーリ・ガートリンです」

アーリーとユーリは互いに軽く頭を下げて握手《あくしゅ》した。

「彼女を悪く思わないでくれ。ただ嫉妬して少し焦っているだけなんだと思う」

「……そうですね。それで、俺と話したいことってなんですか？」

「私に畏まらなくていいぞ。私はただの冒険者だからね。それにこのパーティーは堅苦《かたくる》しいものではないのだろう？」

「アレ？　そうかな？　アーリー・クリスさんって……S級の冒険者でしたよね？　それはただの冒険者って枠《わく》に入るんでしょうか？　すごく疑問なんですが……ただ、まあ……お言葉に甘えます。それで俺に話したいこととは？」

「まずは世界を救ってくれたこと。そして、私の師匠の命を助けてくれたことのお礼を言わせて欲しい。君にはほんとに感謝しかない」

「アレ？　アーリーさんって、コラソン師匠から魔法を教わったの？」

「あぁ……私はもともと孤児《こじ》でね。昔、シュルツ兄妹に拾われて育てられたんだ。まぁ……実際に修業を受けたのは妹のエリンのほうからだがね」

「そうだったんだ」

「あぁ。ただ、私がコラソン師匠から少し魔法を習った時は、もっと心の冷めた人だった」

「え？　そうだったかな？　俺は会った時からずっと気のいい兄さん的な人だったけどな？」

「フフ、そういう意味じゃないよ。心が冷めていたんだよ。預言者イルーカ・シュルツの指示通りに動きはしただろうけど。少なくとも以前なら他人のために命を張るような真似はしなかっただろう」

「……それは？　えっと？　つまり……どういうこと？」

ユーリはアーリーの言葉が理解できず首を傾げた。

「おそらく、コラソン師匠を変えたのは君なんだろうな」

「ハハ、それはどうかな？　人間はそんな簡単に変われるものではないと思いますが。師匠はエルフだけど……」

「そうだね、確かに。だけど、やっぱり君と一緒に過ごした時間がそうさせたんだと思うよ」

「どうでしょうか？　まぁ……もしそうだとしたら少しは嬉しいけどな」

「さすがは、あのテレシアの惚《ほ》れた男だな」

「いや、それは……」

ユーリはアーリーにテレシアの名前を出されて動揺する。

その隙をついてアーリーはしな垂《だ》れかかるようにユーリの腕に抱きつき、彼女の大きな胸を押し当てた。

「いい筋肉だ。それに顔も悪くない」

「ちょ……突然、なに言ってるんですか……」

「ふ……ハハ。ほんの冗談さ。英雄殿。私はエリンほど無節操《むせっそう》ではないよ。……ただ、私に夫がいなかったら惚れていたかもしれんな」

アーリーは呵呵大笑《かかたいしょう》しながらユーリから離れていこうとした。

その直後、二人の会話に割り込むようにノア・サーバントがすたすたと歩いて来た。

「ほほ……よく言う」

飲み物を持ったノアにユーリとアーリーの視線が向く。

「ノア様」

「やぁ、兄弟子じゃないか。元気そうで何より」

「お前は、昔はエリン以上だったじゃろうが」

往年《おうねん》のアーリーを知るノアは、顎髭《あごひげ》を撫でながらしたり顔で彼女を揶揄《やゆ》した。

その刹那、ノアとアーリーの視線がぶつかって激しく火花を散らす。

「老害《ろうがい》め！」

「ビッチめ！」

二人は声を低くして睨み合った。何やら彼らには浅からぬ因縁《いんねん》があるらしい。

ノアとアーリーはこの世界では屈指《くっし》の力量を誇る名高い武人である。

その両名がピリピリとした険悪なムードを醸《かも》し出したとあっては、魔王討伐の立役者《たてやくしゃ》であり、世界を救った英雄であるユーリも一歩下がるしかなかった。

そうしてユーリは、アーリーの興味の対象が自分から逸れたのをいいことに、スキルの力で再び気配を消すと、その場から逃げ出したのだった。

行き場をなくしたユーリがパーティー会場をふらふらと彷徨《さまよ》っていると、彼は逃げた先で誰かにぶつかった。

「きゃ……」

「おっと……すまん、アン」

ユーリとぶつかったのは妹のアンリエッタだった。彼女は冒険者のような服装をしており、片手にチキンを持っていた。

「お兄ちゃん？　どうしたの？　気配消して」

「すまん。ちょっと……な」

「ふふ。変なの」

「そう……だな、確かに……」

「そうだ。ローラ達も連れてきたんでしょ？　びっくりしてたんじゃない？」

「あぁ、そりゃあもう。今は妖精達に囲まれてワイワイ宴を楽しんでいるよ」

「そっか、ならよかった」

「おい、飯取ってきたぞ……って、ユーリ、もう来ていたのか」

アンリエッタとユーリが喋っていると、ニールが大量の肉を載せた皿を持ってやって来た。

「おう。何だ、ニールはパシリでもさせられているのか？」

「いや……」

軽い皮肉《ひにく》を込めたユーリの質問に対してニールが言葉を濁す。ニールがまごまごしていると、その横でアンリエッタがくすくすと笑いながら代わりに答えた。

「ふふ、朝の稽古の時、私が勝ったからね。今日は絶対服従《ふくじゅう》なの」

「それは……お疲れだな。というか一つ思うんだが、この世界の危機は去った訳だし……もうそんなに強くなる必要はないんじゃないか？」

「「え？」」

素朴《そぼく》な疑問を投げかけるユーリの顔をポカンと見て、二人は同じ反応を示した。

「だって、お兄ちゃんに負けっぱなしは悔しいし」

「お前な、誰かに負けっぱなしは悔しいだろ?」

アンリエッタとニールは、さも当たり前のように「何を言っているんだよ、お前」と揃って呆れ顔で返す。

「ハハ……そうかい。二人とも戦いは戦いを生むってことを知らんのか? はぁ……なんと、人間とは愚かな生き物であることか……俺は悲しいぞ?」

「けど、お兄ちゃんだって、私に負けたらどうするの?」

お言葉を返すようですが、というニュアンスで、アンリエッタがユーリに反論した。

「それはお前……」

「ムキになったりしない?」

「まぁ……その時になってみないと分からないな」

ユーリは即答を避けて天を仰いだ。

彼らの意見が平行線を辿っていると二人の男女が近寄って来た。

「ふふ……絶対、ムキになるだろうね」

「だろうな」

それはリサとラルクであった。二人には、ユーリとアンリエッタが『ケイリの玉』の中に構築されている別の時空間に囚われた時、随分と世話になっていた。

「アレ? リサにラルクさんか? 久しぶりだな」

「なかなか顔を見られなかったからね。今日は会えて嬉しいよ」

「あぁ、久しいな」

ユーリはリサとラルクの二人とそれぞれ固く握手を交わした。

彼らは魔王アルカ討伐後、コラソンの手によって『ケイリの玉』から救出されていた。

しかし、ユーリは忙しい日々を送っていたので彼らに会えていなかった。

現在はニールの父親であるロンアームス伯爵の領地で暮らしているそうで、アンリエッタやニールとはすでに会っていたようだ。

「ふふ……まさか、あのユーリが今では英雄様だなんてね」

リサが茶化すように軽口を叩いた。

「はぁ。俺だって……英雄なんて好き好んでなった訳じゃないんだけど」

ユーリは心底うんざりしたように溜息を吐く。

すると話を聞いていたニールが、やれやれと肩を竦めながらユーリの落ち度を指摘する。

「仕方ないだろう。お前が大勢の前で高々と宣言してしまったんだからね」

「アレは俺じゃないんだー！　アレはぁぁあーーー!!」

ユーリが頭を抱えて悶えつつ裏ユーリの存在を呪っていると、ニールとアンリエッタが何度も大きく頷いた。

「まぁ……事実なんだから、僕に異論はないけどな。やはり、一番の英雄は君だ」

「そんなの誰からも文句が出る訳がないよ。例え、そんな不届《ふとど》きな輩が現れても、私が潰してあげるから。安心してね、お兄ちゃん」

「一番とか要《い》らないし。それに全然、安心できないから。今からでも一番の英雄とやらを誰かに代わって欲しいんだけど……！」

ユーリの要望にニールとアンリエッタはそれぞれ首を横に振った。

「遠慮しておく」

「私もそういうのは興味ないからいいや」

ニールとアンリエッタは英雄という立場にはそこまで執着《しゅうちゃく》や興味がなかったのか、ユーリの要望をきっぱりと拒否するのだった。

魔王の手から世界を救った英雄達とは思えないやり取りを見て、リサとラルクは小さく笑い合ったのだった。

しばらくユーリ達が談笑《だんしょう》していると、そこへ飲み物を片手に持ったコラソンが近づいて来た。

「あ！　どこに行ったのかと思えば……ようやく、見つけたよ」

「あ、師匠。どうしました？」

「全員揃ったから、ユーリ君行こうか」

「え？　ええ？　ちょ、ちょっと」

コラソンはユーリが尋ねる暇も与えずに彼の手を握ると、大広間の中央に設置された二メートルほどの壇上《だんじょう》の前に連れていく。

「主役の挨拶がないとつまらないからね」

「ちょ……ちょ……！」

そのままユーリは無理矢理乾杯《かんぱい》用のグラスを渡され、あれよあれよという間に背中を押されて壇上へ登らされてしまった。

と同時に、ユーリが壇上に立ったことに気づいた出席者達が一斉に注目した。

壇上からはパーティーに招待された全員の顔が一望《いちぼう》できた。皆、談笑を止めてユーリが何を話すのか興味津々といった表情である。

にぎやかだった大広間がシンと静まった。ユーリは覚悟を決めて口を開く。

「えっと……。なんか、もう、今更改まって言うことなんかないし……。気の利《き》いたセリフを考えるのも面倒臭い。だから、一つだけ言わせてくれ。みんな、ありがとう‼」

ユーリはグラスを掲げると、大きく息を吸い込んでから叫んだ。

「宴だぁぁぁぁあああぁぁぁぁーーーー！！！！」

ユーリが乾杯の音頭《おんど》を取ると、多種族交流の異色なパーティー……もとい宴は、いっそうの盛り上がりを見せた。皆、浴びるほどに酒を飲み、素晴らしい料理でお腹《なか》をパンパン

にしながら、魔王討伐と世界に平和が訪れたことを祝う宴を楽しんだ。

そうして盛大な宴は、いつ果てるともなく続くのだった。


宴が終わってから三時間後――。

ユーリは自室のベッドに腰かけながら大きな欠伸をした。

「ふぁー」

「ユーリ様、寒くなりましたから服を着崩《きくず》さずにちゃんと着てください。風邪《かぜ》をひいてしまいますよ」

ローラがユーリを気遣って、ユーリの服のボタンを留めていく。

「んー堅苦しいよ」

「フフ、そう言わずに。暖《あたた》かくして寝てくださいね」

ユーリが眠たげに目をショボショボさせてベッドに横たわると、ローラが毛布を手に持ってユーリにかけた。

「んーん、ありがとう。あ……そういえば……」

ユーリが部屋の天井を見ながら言葉を濁した。

そのユーリの様子が気になったのかローラが問いかけた。

「どうかされましたか？」

「……今まで秘密を作っていてすまなかったな」

「そうですね。少しショックでした」

「悪かったな」

「ですが結局のところ、ユーリ様はユーリ様でしたからいいのです」

ローラはユーリのおでこに手を乗せた。

「俺は俺か……そりゃそうだ。人間はそんな簡単に変われるもんじゃないからね」

「ふふ、そうですね」

「じゃ……寝るとするよ。ローラ、今日も一日ありがとう」

「こちらこそ、ありがとうございました。おやすみなさい。何かありましたら、お呼びください」

「あぁ」

ローラはユーリから離れると、一回お辞儀して部屋から出ていった。

「ふぁ……」

ユーリは部屋を出ていくローラを見送る。ようやく人心地《ひとごこち》がついたユーリは大欠伸《おおあくび》をしながらサイドテーブルに置いてあったランプの火を消した。

そして、穏やかな眠りについた。

夢の中で、ユーリは自分が真っ白い空間に立っていることに気づいた。

突然、覚醒《かくせい》したユーリは不思議な感覚に包まれて独りごちる。

「うお？　なんでまたここに⁉」

そこは、ユーリが異世界転生する際に一度訪れた場所であった。

『元気そうで何よりじゃの』

ユーリが声をかけられて背後を振り向くと、白髪の老人が微笑んでいた。

その老人は以前、神様と名乗っており――。

ユーリに異世界の崩壊を阻止するよう依頼してきた人物でもあった。

「久しぶりですね」

『ほぉほぉほぉ、そうじゃの。随分楽しそうに異世界ライフを満喫《まんきつ》しているようで安心したわい』

「満喫といいますか、面倒事ばかり回ってくるのですが……でも、いい出会いも多くありました」

『ほっほ、変わったの』

「そうですかね？　あまり実感がありません」

『そうかの。まぁ……そういうことは自分では気づきにくいもんじゃからな』

「それで、今日俺がここに呼ばれた理由は何でしょうか？」

『ほぉほぉほぉ、お主は忘れておるのやも知れんがな。神である私が約束をたがえる訳にはいかんのでの。しかし、まずは言わせてもらうぞ。ユーリ・ガートリン……いや、岡崎椿。よくぞ、多くの苦難《くなん》を乗り越えて、世界を救ってくれた』

「は、はぁ」

『で、本題じゃがの。お主を異世界に送る際にした約束を覚えているか？』

「え？　約束？」

『やはり、忘れておったか。しかし、神は一度言ったことを引っ込めることは出来ん。以前約束した通りに、世界を救ったお主の願いを一つだけ叶えてやる』

「あ……あぁ、そんな約束していましたね。異世界を救ったらなんとかってやつ」

『まぁ……出来る範囲でじゃが』

「そうですか……願い事ですか。何かありますかね……？　んー、まあ、とりあえず……今のところは何もないんだけど。強いて言うなら……のんびりまったりスローライフを送りたい!!　ってところでしょうか。だけど、英雄にも祭り上げられちゃったし……今世では、ちょっと難しいかなぁ……あ、でも待てよ……そうだ」

『なんじゃ、もう決まったかの？』

「はい。決まりました」

『では、聞こうかの。言ってみよ』

神様がユーリに問いかける。

すると、ユーリは神様をまっすぐに見つめて高々と宣言した。

「来世は悠々自適なスローライフを送りたい！」

◆

――ここは真っ白い空間。

先ほどまで、ユーリが神様と話していたところである。

その空間に神様が一人佇んで、白く長い顎髭を撫でながら呟いた。

『ほほ、何とかせっかく作った世界を壊さずに済んだわい。しかし、ジャミングを掛けられとったとはいえ……アルカの奴め、儂を出し抜くとはの。やってくれおる。うむ……神様も面倒になってきた頃でもあるし。そろそろ隠居《いんきょ》したいの。だとすると後任《こうにん》を育てなくてはな』

しばらく考えを巡らしていた神様は、何か閃《ひらめ》いたらしく両手をポンと叩いた。

『お、そうだ！　丁度《ちょうど》いい奴がおるではないか。一つの世界を救った、怠《なま》け者で、面倒臭がりの、ぐうたらな英雄が……』

エピローグのエピローグ

サク……。

サク……。

サク……。

サク……。

ユーリとニールが揃って、黙々《もくもく》と広大な農地に鍬《くわ》を入れていた。その鍬の音だけがあたりに響いている。

あの魔王討伐から、それなりの月日が経過した。ユーリとニール、共に二十歳となり、顔付きもすっかり大人《おとな》びて、世の女性達が放っておかないであろうイケメンへと成長していた。

「……」

「……」

沈黙を破ったのはユーリだった。ユーリは鍬を入れるペースを崩すことなく、ニールに問いかける。

「なぁ……ニール。俺達、世界を救って英雄になったんだよな？」

「あぁ。なったな」

「じゃ。なんでこんなところで二人で農地開拓なんてしてるんだっけ？」

「それは、新大陸が見つかって、そこを人が住める領地に出来るようにと、開拓と探査《たんさ》の命令を下されたからだ。王様から」

「そうか」

「そうだな」

「……」

「……」

「農地を耕《たがや》すなんて、魔法でやれば楽じゃない？」

「そうなんだが、敷地《しきち》が広すぎて、こっちにいる魔法使いだけでは難しいんだろう」

「魔法使ったあとのんびり休んでいいなら、俺が一気にやってもいいよ？」

「君は農地開拓班と周辺探査班を見守りながら、非常事態が起こったら対処《たいしょ》する役目だ」

「じゃさ、非常事態に備えて、肉体労働とかやらずに監視していたほうがよくない？」

「肉体疲労なら、君の奥方である……テレシア嬢《じょう》に回復させてもらえるだろ？　それに君はこういうスローライフを望んでいたのではないか？」

「……いや、俺はさ。確かにスローライフは望んでいたけど！　『野菜がない？　おお、じゃあじゃあじゃあ作りましょう』っていう展開を望んでたんじゃなくてさ。野菜はお店で農家さんから買えばいいじゃん？　お金なら、チートスキルや魔法があれば簡単に稼げるでしょ？　んー、百歩譲って個人的な家庭菜園はいいよ？　魔法で簡単に出来るしね。ただ、村や街を作っちゃおうっていう、超ヘビーなスローライフは望んでないんだけど！」

「物の大切さが……野菜を作る農家さんの苦労が分かるだろう？」

「いや、俺が一回でも『農業なんて簡単だー』なんて愚弄《ぐろう》したか？　いつも感謝しながら食べているさ」

ユーリとニールがそんな不毛な会話をしていると、二人の男性が近づいてきた。

「こんなところにー！　オマエ！　オマエさえいなければ！」

二人は……揃って緑色の髪に青色の瞳をした、どこか見覚えのある男性達だった。

二人ともボロボロの服を身に纏い、持っていた鎌《かま》をユーリに向けて振り下ろした。

「はぁ……アンタ達か」

ユーリは溜息を吐きながら鎌を避ける。

「く……避けるな！」

「そうだ！」

「はぁ……本当に面倒臭い。元お兄様方」

そう、以前の肥《こ》えた体型からは見違えるほどやせ細っているが、確かに二人はバズ・

ガートリンとカール・ガートリン、つまりユーリの元兄達である。

それから二十分ほど、バズとカールはユーリを追い回し続けた。

ユーリはやれやれといった様子で彼らの鎌による攻撃を躱している。

ニールは我関せずな態度で鍬で土を耕し続けていた。

「はぁはぁはぁ……オマエさえいなければ！　こんな開拓団に参加しなくてもよかったんだ！」

「はぁはぁ……そうです。絶対にそうです。バズ兄様！」

バズとカールはユーリを追いかけるのに疲れたのか、肩で息をしながらユーリを睨んだ。

「お馬鹿さんだな。特にバズ。今俺がこの開拓団に参加しているのは、バズの代わりに貴族にさせられたからだ。バズは貴族であろうが一般人であろうが、どの道来ることになってたんだよ」

「うぐ……口が減らないやつめ！　そもそもオマエは兄に対する敬意というモノがないのだ！　本来なら、混じりモノのお前は、次期当主の件も辞退《じたい》してしかるべきであろう！」

「そうです。絶対そうですよ！」

ユーリの指摘にバズは顔を顰めて頭の悪そうなことを言い返す。カールはまるでオウムのように、バズの言葉にいちいち頷くばかりであった。

「はぁ……何言ってるんですかね。アンタ達がちゃんと認められていたのなら、俺は貴族なんてならずに済んだんだからな！　いい加減なことばかり言っているとぶっ飛ばすぞ？」

ユーリはまた溜息を吐くと、バズとカールを睨みつけた。

すると、バズとカールは恐怖に顔を歪めた。

「「ひっ！」」

バズとカールはユーリの殺気に怯んで悲鳴を上げ、そのまま泡を吹いて後ろに倒れた。

「そのくらいにしてやれ。労働力が減るだろう」

「はいはい」

ユーリはバズとカールをほっぽって、再びニールの隣で農地を耕し始める。

すると、しばらくして聞き覚えのある声が響いてきた。

「こんなもんやってられるかぁ！　儂を誰だと思っておるんじゃ！　『火山のシンゲ』と恐れられた……」

「はいはい。分かった。分かったから」

ユーリから少し離れた場所で、盗賊団の頭シンゲとクリムゾン王国の若い騎士が揉めていた。

「ぐぬぬ……」

「盗賊から足を洗《あら》って、更生《こうせい》するために奉仕《ほうし》活動の一環《いっかん》で開拓団に来たんだろ？　じゃ、俺の命令を聞いて農地を耕さなくちゃな」

「ぐぬぬ、次は何をすればいいんだ……？」

「あぁ……次は」

ユーリは何を思ったか、鍬を地面に突き刺して、シンゲ達に近づいた。

「アレ？　オッチャンじゃん、元気？」

「あ……お前は」

「あ……貴方様は……英雄……ガートリン伯爵様！」

現れたユーリに対し、シンゲは眉を顰め、若い騎士は緊張した様子で敬礼《けいれい》した。

ちなみに、ユーリは魔王を討伐し、世界を救った功《こう》によって男爵から伯爵に陞爵《しょうしゃく》していた。

今後も陞爵する噂があるとかないとか。

「騎士さん、騎士さん。ちょっとこのオッサン借りていい？」

「も、もちろんです。私は少し離れています。万が一にも何かされることはないかと思いますが、何かありましたら、すぐに呼んでくださいね」

若い騎士が去っていくのを見送ると、ユーリはシンゲに視線を向けた。

「クク、まじめに働いているようじゃないか？」

「じゃかぁしいわ！　ガキが！」

「あーせっかくいろいろ口添《くちぞ》えしてやったのになー」

「そ、その件は感謝しとる」

シンゲはある日突然ユーリの屋敷にやってきて、奉仕活動をする代わりに自分の罰を減《げん》刑《けい》してくれるよう騎士団に掛け合ってくれないかと頼み込んできた。

結局、ユーリはその頼みを聞いた。基本的に殺しはしないというのがシンゲの盗賊団の掟《おきて》だった。実際に人を殺したことはあるが、いずれも賞金首《しょうきんくび》ばかり。だから、盗賊活動で得た金品などを押収《おうしゅう》された後は、八年間奉仕活動をするという約束を交わしてシンゲは減刑されたのだ。

ではなぜ、シンゲはそんな頼みごとをユーリにしたのか……。

「パパ〜」

トテトテと拙《つたな》い足取りで走ってきた女の子が、シンゲに抱きついた。

途端に、先ほどの厳《いか》つい表情とは打って変わって、ゆるゆるのだらしない表情になるシンゲ。女の子を抱き上げて頬《ほお》ずりしている。

「おぉ〜エリシアちゃん〜。こんなところに来ちゃ危ないじゃろう?」

この女の子はシンゲの娘。つまり子供が出来て、犯罪者の父親のままでは娘がかわいそうだからと、盗賊稼業《かぎょう》から足を洗うことを決めたようである。

「パパ〜、お髭《ひげ》がくすぐったいよぉ」

「そうか、すまんの。じゃが、仕方ないんじゃよぉ」

「へへ～パパの応援しに来たんだよぉ」

「そうか。嬉しいのぉ」

シンゲと娘のエリシアはしばし抱擁を交わしていた。

ユーリはその光景を前に、奇天烈《きてれつ》なものでも見ているかのような表情になる。

「相変わらず、すごい変わりようだな」

ユーリがぽつりと独りごちる。すると、エリシアがユーリに視線を向けた。

「あ……ユーリお兄ちゃん」

「久しぶりだね。何歳になったんだっけ？」

ユーリはエリシアと視線を合わせて問いかけた。すると、エリシアは顔を真っ赤にしてシンゲの後ろに隠れてしまう。

「あ……えっと……」

「五歳じゃ」

エリシアがユーリの問いに答えられずにいると、代わりにシンゲが答えた。

「いや、オッサンに聞いた訳ではないけどな。もう五歳か、時の流れは早いな。こっちの生活にも慣れた？　ローラが子供達集めて勉強会みたいなのを開いてるって聞いたけど」

「……う……あ」

「うむ、いつも楽しいようじゃ。ローラも優しいと」

エリシアが答えられずにいると、再びシンゲが代わりに答えた。

「いや、だから、オッサンに聞いた訳ではないんだけどな。ん？　エリシア？　大丈夫か？　すごく顔が赤くなっているけど？」

風邪だろうかと思いつつ、ユーリはエリシアの額に手を伸ばした。

「ひゃい……」

すると、エリシアは小さく声を上げて更に顔を赤くした。

その様子を見ていたシンゲは、何やら不穏なものを感じてユーリの手を乱暴に払いのける。

「いかん。エリシアをこれ以上お前に近づけてはいかんと勘が叫んどる！」

シンゲはそう言い放つや否や、エリシアを担ぎ上げて走り去っていった。

「なんだったんだ？」

エリシアを抱えて去っていくシンゲの姿を、ユーリはぽかんとした表情で眺めていた。

するといつの間にか後ろに立っていたニールが声をかけた。

「ユーリ。君、今日のノルマが終わらないと、夜眠れないぞ！」

「えー、それは聞いてないぞ？」

ニールに首根っこを掴まれて連れて行かれそうになったユーリは、そこでふと、遠くにいた開拓団の家族である子供達と目が合った。

子供達はユーリを見つけると、一斉に走り寄ってくる。

「ユーリ！　ユーリ！　遊ぼ！　遊ぼ！」

「前みたいにマジック見せてー」

「クッキーちょうだい～」

「かけっこしようぜ！」

「えーおままごとがいいよ」

ユーリの子供達からの人気《にんき》は絶大だった。

なぜなら、魔王討伐に関する顛末《てんまつ》が、吟遊詩人の歌となり、冒険記となり、ついにはミュージカルという形となり、至るところで披露されているからだ。子供達にとって、ユーリはヒーローのようなものなのである。

「はぁ……俺も休憩したいところではあるんだけどね。でもそれじゃあいつまで経っても開拓が終わらな――」

そこでふと、駆けてくる子供達の背後から刺すような視線を感じ、言葉を詰まらせた。

そしてその額から、たらりと汗が流れ落ちる。

「ユーリ、こっちの農地開拓も手伝ってよ！　ユーリがいたらすぐに終わるでしょ！」

「ユーリ様！　異文化の村を発見しました！　これから話し合いを進めたいのですが、

ユーリ様も同行してください！」

「ユーリ！　開拓団で疫病《えきびょう》が広まってるよ！　治療を手伝って！」

リム、ラーナ、そしてテレシアが声を上げ、ユーリに迫ってくる。

それを見たユーリは、盛大に溜息を吐いて天を仰ぐ。

そして、力の限り叫んだ。

「これは、俺の望んだ怠惰な田舎ライフじゃない！」

あとがき

こんにちは。作者の太陽クレハです。

スマホでなんとなく書き始めたこの小説も、いよいよ最終巻を迎えることとなりました。

初めにお礼を言わせてください。ここまでお読みいただいた読者の方々、執筆《しっぴつ》にあたり私を支えてくださった関係者の皆様、本当にありがとうございました。

さて、ラストのあとがきということなので、ここは主人公のユーリについて、お話ししたいと思います。Ｗｅｂ版をご覧《らん》いただいている方はご存知の通り、主人公ユーリの名前の由来は、世界初の有人宇宙飛行士であるユーリィ・ガガーリンです。

命名の理由は、私が単純に宇宙に憧れを抱いていたためでした。ただ、事情はもう一つありまして、それは物語に登場する魔王の肉体が月に封印されているという設定にしたかったからです。更には、魔王を倒すために月へ行ったユーリに、「地球は青かった。そして丸かった」という台詞を言わせたいという思惑もありました。

しかし、月から異世界を眺める主人公にガガーリンの名言を吐かせるのは、さすがにメタ的な意味合いが強すぎたため、取り止めにしたという経緯があります。

また、ユーリを語る上で外せないのは、もう一人の人格である裏ユーリの存在でしょう。Web版に登場させた時にとても評判が良かったので、書籍版には度々《たびたび》顔を出すことになったのですが、正直なところ彼は少し苦手《にがて》でした。ぶっ壊れキャラ過ぎる性格にしても、時には主人公より前に出ようとするカッコイイ行動力にしても、取り扱い注意という感じで描くのには随分と手を焼いたものです。

ただ、そのカッコイイに囚《とら》われて、時折主人公ユーリの性格が裏ユーリの方へ傾きかける場面もあったかもしれません。作者としては反省しきりで読者の間でも賛否両論《さんぴりょうろん》あるでしょうが、極力《きょくりょく》、キャラブレしないように改稿《かいこう》を重ねました。

そこまでしたのは、やはりユーリには、怠惰な性格のまま面倒事しかない異世界での生活を送って欲しかったからです。異世界に転生してもあまり頑張らない主人公が、周囲に押されるようにして止む無く冒険に駆り出される。そんな嫌々感、面倒臭そうな雰囲気を辺りを憚《はばか》ることなく醸し出す主人公像だけは守りたかった、というのが根底にあります。

物語の原点を裏切ることなく完走できたと自負《じふ》しておりますが、読者の皆様にとってはいかがでしたでしょうか。最後になりますが、また別の物語で皆様とお会いできることを切《せつ》に願いつつ、ここでペンを置くことといたします。

二〇二〇年八月　太陽クレハ

ネットで人気爆発作品が続々文庫化！

アルファライト文庫 大好評発売中!!

借金返済から竜退治まで、なんでもやります

世話焼き職人！

困った時は俺を呼べ！

お人好し職人のぶらり異世界旅 1

電電世界 *DENDENSEKAI* illustration シソ

技術とチートでお悩み解決!
お助け職人が今日も行く!

電気工事店を営んでいた青年、石川良一はある日、異世界転移することに。ぶらり旅する第二の人生……のはずが、困っている人は放っておけない。分身、アイテム増殖、超再生など、神様から授かった数々のチートと現代技術でお悩み解決。料理を振る舞い、借金姉妹を助け、時には魔物を蹴散らして、お助け職人が今日も行く！ お助け職人の異世界ドタバタファンタジー、待望の文庫化！

文庫判　定価：本体610円+税　ISBN：978-4-434-27871-6

ネットで人気爆発作品が続々文庫化！

アルファライト文庫 大好評発売中!!

あらゆる毒を使い、武器の扱いも達人級！

薬師無双の世直し旅！

1~4巻 好評発売中!

転生薬師は異世界を巡る 1~4

山川イブキ *Ibuki Yamakawa* illustration れいた

回復薬に麻痺薬に身体強化薬——。
最強薬師の戦い方は、超えぐい!

日本でサラリーマンをしていた藤堂勇樹《とうどうゆうき》は、神様から頼まれて異世界に転生することになった。そして現在、彼は前世の知識を活かしつつ、シンという名前で高性能な薬を自作しながら、旅する薬師として生きていた。ところが、その薬の有用さに目をつけられ、とある国の陰謀に巻き込まれてしまう——。ネットで大人気の異世界ケミストファンタジー、待望の文庫化！

文庫判 各定価：本体610円+税

ネットで人気爆発作品が続々文庫化！

アルファライト文庫 大好評発売中!!

アラフォーおっさん、ボスモンスターをワンパン撃破!?

超越者となったおっさんはマイペースに異世界を散策する 1

神尾 優 *Yu Kamio*　illustration ユウナラ

召喚されてボスモンスターを瞬殺するも、
激レア最強スキルが制御不能……!?

若者限定の筈の勇者召喚になぜか選ばれた、冴えないサラリーマン山田博（42歳）。神様に三つの加護を与えられて異世界に召喚され、その約五分後――彼は謎の巨大生物の腹の中にいた。いきなりのピンチに焦りまくるも、貰ったばかりの最強スキルを駆使して大脱出！　命からがらその場を切り抜けた博だったが――。不器用サラリーマンの異世界のんびりファンタジー、待望の文庫化！

文庫判　定価：本体610円+税　ISBN：978-4-434-27760-3

ネットで人気爆発作品が続々文庫化！

アルファライト文庫 大好評発売中!!

武術の達人×全魔法適性MAX＝

向かうところ！敵無し！

1～5巻 好評発売中!

最強の異世界やりすぎ旅行記1～5

萩場ぬし Hagiba Nusi　　illustration yu-ri

巨大な魔物もSSランク冒険者も拳ひとつでなんとかなる!

真っ白な空間で目覚めた小鳥遊綾人は、神様を名乗る少年に異世界へ行く権利を与えられた。さらには全魔法適性MAXという特典を貰い、トラブル体質の原因である「悪魔の呪い」を軽くしてもらうことに。そうして晴れて異世界に送られたアヤト。ところが異世界に到着早々、前以上のペースでトラブルに巻き込まれていくのだった——最強拳士のやりすぎ冒険ファンタジー、待望の文庫化!

文庫判　各定価：本体610円＋税

アルファライト文庫

この作品に対する皆様のご意見・ご感想をお待ちしております。

おハガキ・お手紙は以下の宛先にお送りください。

【宛先】

〒150-6008 東京都渋谷区恵比寿4-20-3 恵比寿ガーデンプレイスタワー 8F
（株）アルファポリス　書籍感想係

メールフォームでのご意見・ご感想は右のＱＲコードから、
あるいは以下のワードで検索をかけてください。

アルファポリス　書籍の感想　検索

ご感想はこちらから

本書は、2020年1月当社より単行本として
刊行されたものを文庫化したものです。

異世界《いせかい》で怠惰《たいだ》な田舎《いなか》ライフ。6

太陽クレハ（たいよう くれは）

2020年 9月 30日初版発行

文庫編集－中野大樹／篠木歩
編集長－太田鉄平
発行者－梶本雄介
発行所－株式会社アルファポリス
〒150-6008東京都渋谷区恵比寿4-20-3恵比寿ガーデンプレイスタワー8F
TEL 03-6277-1601（営業） 03-6277-1602（編集）
URL https://www.alphapolis.co.jp/
発売元－株式会社星雲社（共同出版社・流通責任出版社）
〒112-0005東京都文京区水道1-3-30
TEL 03-3868-3275
装丁・本文イラスト－やとみ
文庫デザイン—AFTERGLOW
（レーベルフォーマットデザイン－ansyyqdesign）
印刷－株式会社暁印刷

価格はカバーに表示されてあります。

落丁乱丁の場合はアルファポリスまでご連絡ください。

送料は小社負担でお取り替えします。


ISBN978-4-434-27872-3 C0193